光天化日，不要笑得太大声
HAHAHAHA~

梁刚 ◎ 编著

当代世界出版社

图书在版编目（CIP）数据

光天化日，不要笑得太大声 / 梁刚编著. -- 北京 : 当代世界出版社, 2014.11
ISBN 978-7-5090-0852-2

Ⅰ.①光… Ⅱ.①梁… Ⅲ.①笑话—作品集—世界 Ⅳ.①I17

中国版本图书馆CIP数据核字（2014）第168727号

书　　　名：	光天化日，不要笑得太大声
出版发行：	当代世界出版社
地　　　址：	北京市复兴路4号（100860）
网　　　址：	http://www.worldpress.org.cn
编务电话：	（010）83907332
发行电话：	（010）83908409
	（010）83908455
	（010）83908377
	（010）83908423（邮购）
	（010）83908410（传真）
经　　销：	新华书店
印　　刷：	三河市祥达印刷包装有限公司
开　　本：	730mm×960mm　1/16
印　　张：	14
字　　数：	100千字
版　　次：	2014年11月第一版
印　　次：	2014年11月第一次
书　　号：	ISBN 978-7-5090-0852-2
定　　价：	20.00元

如发现印装质量问题，请与承印厂联系调换。
版权所有，翻印必究；未经许可，不得转载！

目录 Contents

让你想找个地缝钻进去的爆笑雷人糗事 / 001

虽然已经立春了，可是笑话还是那么冷 / 008

新年开心搞笑短信送亲友 / 013

这也太损了点吧 / 017

俏皮有趣的大实话 / 020

悠闲的汉字之间的讥讽、斗嘴 / 023

感慨良多的幽默动物 / 027

车祸之后的爆笑奇闻 / 031

极品整人短信串串烧 / 033

动物有钱后的雷人想法 / 036

年关难过 / 038

签名囧语，雷你没商量 / 040

麻辣爸妈囧孩子 / 045

冷人的忽悠、穿越和二货禅师 / 053

老婆——没有几个男人能伤得起 / 055

感悟生活要有一颗幽默之心 / 061

俏皮的花，名副其实的花言巧语 / 063

搞笑师生斗，那些爆笑的校园笑话 / 065

幽默的人就是会逗人开心 / 071

谈情说爱的笑人囧事 / 074

幽默动物的年终考评 / 079

多少历史故事，都是因为没有"车" / 081

搞笑昆虫的征婚启事 / 083

名著段子，极品混搭冷笑话 / 085

幽默思维、视角下的内涵雷语 / 089

经典幽默的人生哲理趣语 / 092

超有笑的愚人囧事 / 094

专业的幽默情书精选 / 099

车类的幽默自我评价 / 102

苦孩子自嘲的冷幽默 / 104

人体五官和器官之间的悲剧求婚 / 107

生活趣语，开心杂侃 / 109

吓人的鬼笑话，冷到恐怖 / 111

冷人爆笑：一不留神就被他们给黑了 / 113

幽默吃货之间的羡慕 / 116

特没正经的雷人夫妻 / 119

来点校园里的爆笑开心事 / 122

孩子们个个都是搞笑的活宝 / 124

民间笑话，都是玩冷的高手 / 129

目录 Contents

笑话冷得叫人直打冷战 / 133

逗你开心的幽默段子 / 138

小笑话集锦 / 142

老师对上课迟到的惩罚大典 / 145

等咱有了孩儿 / 148

一个小偷的书信 / 150

年轻人生活经典搞笑短句 / 152

女生理完发和男生理完发的区别 / 155

大学校园里经典又可爱的搭讪 / 157

成年人必看的五个故事 / 159

KTV里麦霸的几种类型 / 162

男人与女人的一些区别 / 165

两个倒霉鬼在酒吧喝酒聊手机 / 167

男人和女人的搞笑情侣昵称 / 169

当了老师才知道老师和学生的区别 / 172

让你开心一下好吗？ / 174

读《西游记》常见问题妙答 / 179

妙语连珠，搞笑短信 / 182

那些喷饭的爆笑口误 / 184

世间百态，幽默生活 / 193

夫妻之间的那些搞笑事 / 201

用点儿成语显得档次特别高 / 204

吃完饭再看吧，不然脑子消化不良 / 208

先生你贵姓？ / 210

让你想找个地缝钻进去的爆笑雷人糗事

这是我小时候的故事。大家都知道带大梁的大二八自行车吧！以前四五岁那会儿我都是直接坐在爸爸自行车的大梁上，侧着坐时间长了脚麻，很难受！终于有一次去姥姥家，我忍不了说想坐后座，那样脚就不会麻了。老爸同意了，结果到目的地的时候悲剧发生了……老爸把我忘记了，直接一个后旋踢把我踢了下来……

我上大学时班上有一个EQ较低的男孩，临近毕业时终于遇到了一个喜欢的女孩，俩人开始交往。一次女孩生病了，男孩陪她去医务室打点滴，俩人竟然半个多小时都没说话。男孩寻思要打破沉寂，就问："你冷吗？""冷。""冷，那我给你捂捂？"

女孩脸红了，小声地说"好"，然后男孩起身……用手捂住了点滴瓶。

♣

话说我小时候比较不讲理，老是欺负妹妹。有一天晚上，爸爸过来给我们盖被子，赫然发现三岁的妹妹直直地坐在黑暗中望着熟睡的我，眼神很奇怪。

"你怎么还不睡觉？"爸爸问。

妹妹急忙说："嘘，小点声，一会儿等她睡熟了我好揍她。"

♣

这人一上了年纪耳朵就容易不好使，有天上午我爷爷准备去遛鸟，刚出家门就碰见了隔壁家的王大爷。

王大爷对我爷爷说："遛鸟去啊？"

我爷爷说："不是啊，我遛鸟去。"

然后王大爷说："哦，我还以为你要去遛鸟呢。"

我石化了……

♣

有次我刷碗没注意，把碗磕出了个小缺口。我没往心里去，继续刷碗，右手没注意，从缺口划过……破了。我想：真有这么快吗，手都能弄破了？想着我用左手试了试，果真也破了。我心想：的确够快，这个碗要是用来吃饭，嘴不就惨了？然后瞬间我脑残了，用嘴试了试……嘴唇也破了……

地铁站附近有个火车票代售点,挨着一个包子铺,包子铺生意很好,天天排队。有天我在那里排队买包子吃,快排到的时候,听见后面两个男的说:"晕,原来这里是包子铺。卖火车票的呢……啊,在那边!"

有一次上"魔兽世界"下副本,正打到一半,突然在喇叭上出来一条信息,差点雷死我:浙江××附属中学的同学们,校长来了,赶紧跑……

我在小店买了件衣服,老板要75,我说70我就要了,老板不依非要75,讲了几个来回不肯让步。我想想算了,给了张100的,他很麻利地找了我35……

大学时候我们教学楼的厕所有弹簧门,可以自己回位,但是只能往里开,不能往外开。我有一同学,练过跆拳道,大概是炫耀,每次上厕所总是踹开门,还把脚抬得很高,踹大约齐胸的位置。某天傍晚,此人去厕所,走到门前不假思索地抬脚就踹。某君正好方便完拉开门往外走。于是他被我同学一个标准的正蹬踹回了厕所……

♣
那天我带老婆去做产检,抽完血以后,护士说:"你32号来拿检查单吧。"

老婆:"3月32号还是4月32号?"

我弱弱地说:"4月1号吧……"

护士(汗):"对对对!"

近日手头紧,多次跟老婆申请零花钱被拒绝。这天,趁老婆上卫生间,我悄悄从老婆的钱包里抽出三张百元大钞放进自己的腰包。没多久,老婆突然大声嚷起来:"老公,我的钱包里少了三百元,你拿的?"

我大声回答:"没有!"

趁老婆去倒水,我悄悄从口袋里掏出钱放回老婆的钱包,见老婆端着茶杯进来了,我一脸殷勤道:"你再数一下,看看是不是数错了?"

老婆接过钱包,边数边惊喜地大喊:"真是奇怪,这次怎么还多出二百元?"

天啊!我忙中出错,竟然多放了两张百元大钞回去。

那天我去网吧上网,为了吹空调特意坐在一大排机子最边上的那个,不大一会儿整排电脑都断电了。玩家各种闹,砸键盘,摔鼠标,冲网管嚷嚷……网管过来查看,原来是我把插座踢开了,他插上之后也没说什么就走了。

过了一会儿我又踢开了,网管过来对我说:"你赶紧走吧,要是让那帮玩游戏的知道了,我可保证不了你还能活着出去!"

♣

餐厅里，有个客人叫服务员打包桌上的骨头，服务员拿着账单看着客人，客人连忙说："打包，骨头给狗吃。"

服务员"噢"了一声，然后喊了句："XX桌，给狗打包！"

♣

男："你的生日派对经我精心策划，保证圆满成功。"

女："哦？说说看。"

男："先是用餐，跳舞，然后放祝福短片，切生日蛋糕，紧接着就是最高潮的压轴戏！"

女："是什么？是什么？"

男："公布你的真实年龄。"

♣

爸妈在客厅看电视剧《步步惊心》。

我爸问："哎，你看那个人是不是以前小虎队的？"

"嗯，叫什么名字来着？"

"好像……对了，隆力奇！对对，就是他！"

♣

同事甲脾胃不和，嘴里经常有味道，结果那天中午他又喝酒又吸烟，嘴里那个味道就别提了。同事乙在看书，甲凑过去看，突然打了一个长长的嗝。只见乙捂紧鼻子怒目圆睁好几秒钟后大声骂道："你还不如对我放个屁！"

我前两天去买单反,在商场柜台看到了各式各样的镜头,有长有短,五花八门。突然,我看到一个特别长的镜头,就问店主:"那么长的镜头肯定特别贵吧?"

店主看了一眼,回头跟我说:"那是望远镜。"

医院门诊室,一中年妇女坐在医生面前道:"医生,请你给我检查一下吧,我经常腿疼。"

医生戴上手套按压了几个地方后,在病历本上边写边说:"我开个单子给你,你去照个片拿过来我看看。"

过了好一会儿,那妇女回到诊室,将一大本影集放在医生面前。

医生问:"你这是干什么?"

"给你照片看啊,你不是让我去照片吗?你看,这是我这些年来照过的照片,医生你看这张,这张漂亮吧,你选一张吧,选一张漂亮点的。你看着照片再对比一下我现在,看看我到底得了啥病?"

♣

高中时我们学校有很多针对学生的演讲,但演讲质量参差不齐,有些演讲的最终目的是让我们买演讲者的书,弄得人特别烦。

一次,我们学校请了一个阿姨,在台上一直煽情:"想想你们母亲枯槁的双手、爬满皱纹的眼角、日渐蜡黄的脸颊,你还忍心伤害她吗?"

突然,后面一孩子实在听不下去了,大喊:"你妈才长这么丑!"

♣

飞行员:"指挥塔,我是XXXXX号飞机飞行员,我的油不够了。"

指挥塔:"请保持冷静并立即减速,调整机身成最佳滑翔角度,看得见机场吗?"

飞行员:"我正停在停机坪。我只是想加油。"

儿子躺在沙发里看电视,母亲气喘吁吁地走进屋说:"我买了一车菜,现在车停在桥那边,拉不上来,你来帮妈推一下吧!"

儿子躺着不动,歪了歪头说:"妈,你不懂科学。按惯性定律,你只要把车子退后20米,然后猛冲上去,车子就能过桥了。"

母亲:"我看你小子就是给惯的,赶紧给我起来!"

一天下班,我给家里打个电话,想让老婆做饭等我回家一起吃,不一会儿电话被接通了。

"喂,你好!"

一个甜美的女声惊醒了我:哎呀,打错了?正好聊一会儿,看看我的魅力是不是不减当年!

……(我们聊着)

电话那端忽然传来熟悉的声音:"谁的电话?"

"我姐夫,他正胡说八道骗我呢!"女孩答道。

我拿着手中的电话筒石化了……

虽然已经立春了，可是笑话还是那么冷

A："我觉得我们也该发散一下思维，创造个吉尼斯纪录什么的。"

B："好提议。"

A："我砍一棵树，两头削尖，申请世界上最大的标枪纪录。"

B："你讲点实用的行不行？"

A："我把洗手池堵上，装满水，申请世界上最小的人工湖。"

B："那我干脆在地上刨三个洞，三个手指伸进去，申请世界上最大的保龄球。"

有一天，豆腐在大街上闲逛，遇见了葱，豆腐嘲笑葱说："好大的臭味啊，你能不能洗个澡再出门？"

葱一生气就把豆腐给拌了!

关羽右臂中毒箭,华佗为其刮骨疗伤,手术进行中,关羽突然"嘿嘿"地笑了起来。

"佗佗,表酱紫嘛,良良,来抱一个嘛,么么哒。"

马良大惊:"君侯怎会如此?"

华佗擦擦额顶的汗,解释道:"为了减少将军的痛苦,我刚给他用了点'萌汉药'。"

相亲节目上,女嘉宾很骄傲地说:"如果你牵我走,以后我负责貌美如花,你负责赚钱养家。"

男嘉宾说:"我能一直赚钱养家,但是你能一直貌美如花吗?"

有一天晚上下班,我骑着自行车正急急忙忙往家赶,突然发现我们公司的小美推着自行车边走边打电话。想必她的自行车一定是坏了,不然这么冷的天怎么推着车走呢?能与美女同行是何等荣幸啊,于是我把自己的车气门芯拔掉,紧追两步赶上她,正准备和她搭讪,没想到人家挂了电话骑上车子就跑了。这大冷的天……我走了近一小时才到家。

A对B说:"你那充满艺术气质的长发呢?怎么剪了?"

B一脸无奈地说:"我也不想的,可我妈说,她总分不清我和我

媳妇谁是谁。"

某工程队的队医常被人喊作兽医。食堂大厨问他:"别人老这么喊你,你不生气吗?"
队医理直气壮地回答:"那别人喊你喂猪的,你生气吗?"
管理员想了一下说:"……也对。"

儿子:"妈妈,我不想写作业。"
妈妈:"我给你讲个故事。美国和前苏联进行空间竞赛,双方都遇到了一个问题,如何在无重力条件下写字。于是美国人花大价钱研制了无重力圆珠笔,前苏联人就用了铅笔。"
儿子:"妈妈,这和写作业有什么关系?"
妈妈:"这说明,你就是跑到太空也得把作业做完!"

印象中冬天我睡得特别早,经常迷迷糊糊地被妈妈抱到她床上去,可是早上醒来我又在自己床上。到最后我才明白过来,原来我那亲爱的老妈总是趁我爸出差时让我去给她暖被窝……这是亲娘吗?!

一次我和妻子吵架,妻子一生气打算带儿子回娘家,可儿子死活不愿意,妻子大怒,一撒腿自己就跑了。
我拉过儿子,问他为什么不走。儿子眨着眼睛解释:"爸爸,每次妈妈出差时,你不都带我去外面吃麦当劳吗?"

我叹口气,摸着他的脑袋说道:"傻孩子,这次你妈没有给我饭钱啊。"

小明不小心把手机掉到河里,坐在河边伤心地哭起来。

河神听到哭声,很可怜他,就从河里拿出一个iPhone5,问是不是他的,小明摇头。又拿出一个iPhone4S问他,小明依旧摇头。

最后河神拿出了iPhone4,小明点头说:"这个才是我的。"

河神大悦:"诚实的孩子,这三个iPhone你都拿去吧,反正也不能用了。"

一天,我和男友大吵一架,闹得很凶,我一时气急了,用手在他脸上挠了好几个血道子。他也急眼了,抓起我的手狠狠地按在桌子上……只见他抄起一把指甲刀,给我把指甲剪了……

在一次法庭审判中,瓦特激动地说:"我观察了很长时间,发现在盆底加热会使水沸腾,而沸腾的水会产生水蒸气。这个水蒸气的力量非常大!甚至可以推动上面的……"

"我没问你这个!"律师打断了瓦特,"我是问,你当时真没发现你爸在澡盆里吗?"

谈恋爱不是看对方会为你做什么,而是看对方会为你而改变什么。

比如我正在追的女孩,已经为我改了五个手机号了……

警察对一个连环杀人犯说:"你有什么临终遗言吗?"
杀人犯绝望地怒吼道:"是谁告诉我杀人'长'命的?!"

我想在网上买一个无线路由器,为了货比三家我看了很多评价,其中一个评论笑死我了:"想给无线路由器的厂家提点意见,以后的产品还是不要用三根天线为好。你们有没有想过,三根天线就像三根香,中国人比较忌讳。"

公车上一个大叔打电话的声音特别大:"几千万的活太小了,目前这行情,十几个亿利润也不大,要不这次咱多弄点库存,五百亿的货行不行?返点多给你点。"
一车人那个鄙视啊,一个阿姨实在看不下去了,对他说:"大哥,你今天没坐专机去办公啊?怎么还和我们一起挤公交了?"
大叔挂了电话,瞬间明白过来了,有点不好意思地解释说:"我是印冥币的。"

新年开心搞笑短信送亲友

 新的一年我祝你有个"超生游击队":遇到困难可以绝处逢生,越长越像白面书生,说话可以妙趣横生,烦恼让它寸草不生,快乐让它今世今生,祝你快乐一生!

 过年了,唐僧添了一双小棉鞋,悟空添了一件小棉袄,沙僧添了一顶小棉帽。八戒,别只顾着玩手机看短信呀,记得给你的那双小手去买一副小棉手套。

每天开心地笑了,快乐地过了,心情跟着也好了,好运也就来到了,幸福自然敲门了,所以心态最重要,新年里,愿我这条短信能逗你开心地笑!

距离不是问题,高矮没有关系,美丑绝不在意。不管你躲到哪里,我都会一直追着你。我的名字叫幸福,外号是快乐。祝你新年万事如意!

本宫一般不轻易给人发短信,收到本宫短信之人,必是患难与共或相濡以沫之人,故叩头三拜后就平身吧!过年了,本宫在此祝你新年快乐,别的没啥,就是本宫挂念你了,退下吧!

据说,发短信有四种状态:无所事事的骚扰;有感而发的宣泄;小题大做的煽情;真心实意的祝福。我是最后一种,新年了,祝你开心快乐、幸福安康!

生活是你的福利院,放松是你的按摩间,快乐是你的大本营,开心是你天天和爱的人见面,工作是别人上班你领钱,惊喜是我的短信祝你在新的一年里幸福快乐每一天!

姓名:你知道。目的:让你开心。方式:短信。意义:最近很想你,为你点了一首《好想好想》。收听方式:请将电饭锅放在耳边,用铁锤使劲敲。结果:真的好响。结果的结果:你笑了。总结:我没有把你忘了,新年快乐!

这几天很多朋友发了短信向你表示祝福，讲得很好很全面，基本上代表了我的意见。另外我再补充三点，春节了，要身体好、心情好、家人也要好。祝春节快乐！

现有男人一名，年方26，风流而不下流，蛇年将至，心中无她，过年回家，不妨带他！报酬不计！免费跟回家……

年末了，上帝又偷走一年的时间。我在慌张搜寻，还好你在！我问他："为什么不连你一块偷走？"他耸耸肩说："这个朋友在你心中分量太重，我搬不动！"

为你加一件健康的衣服，为你戴一双祝福的手套，为你系一条开心的围巾，为你放一顶幸福的雪帽。嗯，这样看起来你就像是一只胖胖的企鹅了。

感谢太阳带给我们光明；感谢月亮带给我们诗情；感谢蓝天带给我们清新；感谢父母给予我们生命；感谢朋友给了我们温暖；感谢春节，让我有理由骚扰你……

打，打劫，不许动，举起手来！不劫色，不劫财，烦恼通通拿过来，悲伤痛苦留下来。我的用意你明白，目的就是要你春节乐开怀。

　　你脚踏两只船，说明你不承担风险；你墙头上的草，说明你眼界宽广；你上梁不正下梁歪，说明你服从上级领导；你见风转舵，说明你能认清形势；你不苟言笑，说明你该笑笑了。过年了，来给爷乐一个！

这也太损了点吧

辞职后,我在微博里发表了这么一段话:"我出来了,离开了,就不再回去了,希望自己好好努力,让生活更加幸福。"

某损友竟把自己的名字改成了"民警",回复了我的微博:"小X啊!你这么想我很欣慰,希望你出狱后洗心革面,好好做人……"

小王经常逃课,这天没事做去上课了。老师看到他来了,很惊讶地说:"同学,好久不见啊,上次见你还穿羽绒服,今天就穿短袖了……"

我坐火车回家,饿了拿出士力架吃……对面一小孩盯着眼馋,此时他妈妈说:"宝宝不看,像狗屎一样的东西咱不吃……"

小明有些不开心,自己坐在沙发椅上抱怨:"没有人喜欢我,整个世界的人都嫌弃我!"

小李正在一旁打游戏,对他说:"那不一定,小明,好多人根本都不认识你呢。"

小明对小张说:"这栋大楼是你的50倍。"

小张:"怎么说?"

小明一脸坏笑:"这是百货大楼。"

去年冬天北京天气一直不好,有网友调侃道:"这破天气,要赶上个白内障拆线,大概会以为手术失败了吧!"

小明在楼下小卖部买了盒假烟,火一点刺溜就烧到头了!跟导火线一样。

给儿子了点零花钱,让儿子买一箱水果,儿子买回来我一看,只见箱子上写有一行醒目大字:吃××水果,考清华北大。

小明想上厕所,好不容易等到下课了,从包里拿出一包纸巾就往

厕所跑。他拉完便便一掏兜，发现自己拿的居然是××牌小面包……

小时候我很爱吃方便面，每次吃的时候心里都特别开心，心想：长大后一定要每天都吃。

结果……现在愿望成真了！身边也没个妹子！

去医院体检，医生拿着我的报告单，说："幸好你来得早啊……"我惊出一身冷汗，这家伙慢悠悠把话说完："再晚点儿，我就下班了。"坑爹啊！

俏皮有趣的大实话

异地恋费话费，本地恋费时间，没人恋的费流量。

其实"我爱你"是句省略句，把它说全就是："我爱你的钱。"

为什么儿媳妇总被婆婆挑三拣四地嫌弃，而孙媳妇却招奶奶喜欢？因为敌人的敌人就是朋友。

成熟的人都有一个面具。白天戴上，坚强面对社会；晚上摘下，温柔面对家人。

风光的背影不是沧桑,就是肮脏。

这年头,有钱的人要假装,没钱的人要包装。

《泰囧》的票房破了十亿,说明大家都喜欢看别人被涮丢人现眼。

被打破的鸡蛋是食物;自己从内破壳是生命。别人给予的人生充满了压力;自己完成的人生才叫成长。

每天晚上下班后,我就会在路上看到三位韩国巨星,他们是:车太多、车太堵和车太慢。但是永远看不到另一位韩国巨星——车太闲!

我的人生观,一会儿加多宝,一会儿王老吉。

windows7太难用了吧,windows98比它好用14倍居然还被淘汰了!

远看是神话的人,走近看基本都是个笑话。

....

我国是世界文明古国，拥有五千多年的文化，由五十六个民族和十二生肖组成。

....

人生最大的愿望是有一天能让别人指着我的鼻子骂："别以为你有钱就了不起啊！"

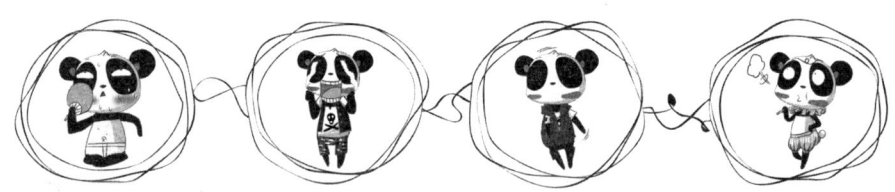

悠闲的汉字之间的讥讽、斗嘴

♣

口对只说:"那么小年纪留什么胡子!"

♣

从对巫说:"为了工作,你们夫妻俩老这么分着,也不是事儿啊!"

♣

舌对乱说:"整天胡说八道,被打拄拐了吧!"

♣

巾对市说:"才来城里几天,就整天戴帽子臭美了!"

♣

买对卖说："反正你也背上十字架了，就让主早日宽恕你的罪吧！"

♣

日对旧说："日子得往前过呀，整天拖个过去的尾巴可不行啊！"

♣

目对眉说："小样儿的，戴个头盔我照样打你信不信？"

♣

氽对囚说："你笑我掉水里了，你还不照样被围框里出不来了？"

♣

牛对牢说："再偷吃还把你关进牛棚里！"

♣

叽对讥说："你就不能好好说话？整天浑身都是刺！"

♣

闯对闲说："年轻人要多去外面闯荡闯荡，别老待在家里！"

♣

睡对垂说："只是因为多看了你一眼，从此我就老犯困。"

垂对睡说:"我有那么难看吗?小心我让'捶'打死你!"

♣

盲对亡说:"只是因为多看了你一眼,从此我就什么都看不到了。"
亡对盲说:"庆幸吧你,起码还有一条命呢。"

♣

眩对玄说:"只是因为多看了你一眼,我就眼花找不着北了。"
玄对眩说:"姐有那么大的杀伤力吗?你本身就爱忽悠。"

♣

省对少说:"只是因为多看了你一眼,从此我就被媳妇管得零花钱都没了。"
少对省说:"这就对了,这年头赚几个钱不容易,节约是美德。"

♣

眯对米说:"只是因为多看了你一眼,从此我的眼睛就成一条缝了。"
米对眯说:"你明明是吃多了上火!脸肿得眼皮都连在一起了。"

♣

盼对分说:"只是因为多看了你一眼,从此我就天天期待能再见到你。"

分对盼说:"你还是走吧,我们不能在一起。"

♣

瞄对苗说:"只是因为多看了你一眼,从此我就睁一只眼闭一只眼了。"
苗对瞄说:"我还没有说你拿我当靶子呢,你怎么反而恶人先告状了。"

♣

瞎对害说:"只是因为多看了你一眼,从此我再也看不到光明了。"
害对瞎说:"怎么可能?我不至于这么厉害吧?"

♣

眨对乏说:"只是因为多看了你一眼,从此我就没有消停过。"
乏对眨说:"你这个花心大萝卜,一直对别人放电,不累吗?"

感慨良多的幽默动物

龟：生命在于静止。

羊：做广告就是挂羊头卖狗肉。

长颈鹿：站得不高，也能看得远。

狗：人类给我们食物和水，一定是我的上帝。

猢狲：树倒我不跑的话不就被砸死了吗？

兔子：窝边草是宝贵的自然资源，不到万不得已我是不会吃的！

蜗牛：走到哪里我都有家。

老虎：躲在动物园的防盗门里面，随你们叫我大猫吧。

狼：人们老是不注意身体，器官移植都用狼心狗肺。

斑马：我的style我做主。

鸟：我饿得就会飞了。

猪：整天不是吃就是睡，那就是找死！

大象：世界上最费毛线的方法就是给我织个耳朵帽。
长颈鹿：切，能比给我织围脖费？

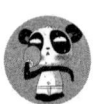

狼：凭啥一见我和狈在一起就骂我们狼狈为奸，那狐狸跟老虎在一起你们不也说它狐假虎威吗？

兔：整天吃绿草，怎么眼睛反而越来越红了？

牛：谁说森林里老虎是最厉害的，我吹口气就能弄死它。(吹牛皮)

鱼对水说："一辈子不能出去看看外面的世界，是我最大的遗憾。"

水说："我太失败了，奋斗了一辈子你还是想离开我。"

一只变色龙爱上一个女孩，每天都偷偷跟在她的后面保护她回家。

一天晚上，变色龙像往常一样跟着女孩，女孩突然转过身来，朝着已经跟树干颜色一样的变色龙走去："喂，以后我们可以边走边聊啊。"

变色龙很惊讶："为什么你可以看到我？"

女孩笑了："白痴，你见过树干会脸红的吗？"

森林里发生了命案，一头河马跟一只蚂蚁先后死亡。

猫头鹰侦探负责调查此案，经过多方走访和推理，终于找到了真相。

当动物们想询问答案时，它们只找到了猫头鹰的尸体和它的日记。日记上写着：蚂蚁骚扰河马，河马羞愤而死，蚂蚁自觉有愧，在掩埋河马的过程中过劳死！此案件实在雷人，雷死我啦！

从前有两只猪。一只猪勤奋无比，早起晚归田间劳作；一只猪却懒惰异常，靠勤奋小猪接济着过日子。

日子一天天地过去，某天，猪神下凡发现了这两只小猪。只见猪神一个雷劈死了勤奋小猪，怒吼道："你这个叛徒！居然敢出卖猪的灵魂！"

车祸之后的爆笑奇闻

某个冬天,下班时我骑摩托车回家,在单位门口正好和对面来的另一辆摩托车刮一起了,双双倒地。其实压根儿就没什么事,我爬起来扶起车正准备走,看到那人还躺在地上,心想这哥们儿是要讹我啊,绝不能让他得逞!我一生气把车一扔又躺地上了。

半个小时后,我俩冻得都不行了,对方忍不住站起来了:"咱没事就撤吧,天儿挺冷的!"

今天我骑车时和一辆汽车蹭了一下。

车主下来看我没事,对我说:"你看我车也刮花了……你赔钱吧!"

我当时就懵了,心想这年头也有开车碰瓷的?可接下来他的话让我忍不住笑了。

他说:"你给个几十吧。一是给你个教训,让你以后骑车注意点;二是如果我不要你赔,你骑上车就得骂我是个二货……"

一架货车在高速路行走,车上装着一只鸡、一只猪和一头驴。不久,货车翻了,鸡、猪、驴和司机都被抛出拖车。

一个警察来了,他看到鸡摇摇头说:"翅膀断了,太可怜了。"说完掏出枪把它杀死了。接着他见到了猪,见到猪的脊椎碎了,又掏出枪把它杀了。跟着他又看向驴,见到驴的四条腿骨都折断露了出来,摇了摇头把它也杀了。

这一切都被司机见到了,这时警察发现了司机,走过去问:"你觉得怎么样?"

司机一个鲤鱼打挺站起来说:"我整个人都特别清爽……"

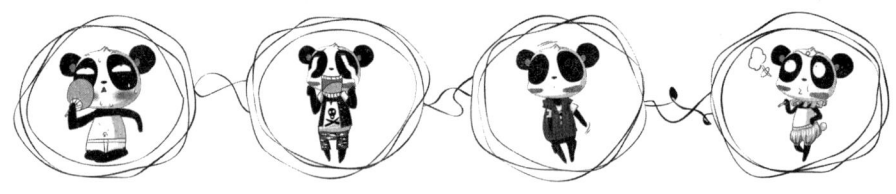

极品整人短信串串烧

又想起那段纯真岁月。记得有次我悠闲地躺在草地上,看着蓝蓝的天上白云飘。你温柔地陪在我身边,深情地看着我,偶尔在我耳边低语,说:"汪汪汪!"

成为一个优秀园丁曾经是无数人的梦想,而你,我想应该是最完美的一个,论速度和新颖程度绝对第一,一晚上就灌溉好了一片草地。好了别看了,快去晒被子吧!

我认识的你是最美丽的,珠圆玉润的体态是很可爱的,爱吃肉的习惯是大家都知道的,抠门小气的个性是值得表扬的……但你每次把碗里的饭都舔干净就没必要了吧。

万里无云的天空，溪水哗啦啦流；路边小草迎风摆，花儿更娇美；倾听自然的声音，心情是如此美妙。突然什么都被你弄没了。拜托你下次放前打声招呼啊！

别驻足：梦想不停追逐；别认输：熬过黑夜有日出；路很苦：汗水是美丽祝福；要记住：成功就在下一步。哎呀，步子迈太大，掉沟里了！

我喜欢花钱，你喜欢赚钱；我喜欢抽烟，你喜欢抽风；我喜欢看笑话，你就是个笑话；别管咱俩啥关系，短信就发给有缘的。

我最近可惨了，去英女王家洗衣服，去普京家刷碗，好不容易挣到一毛钱，自己都没舍得花，就为发条短信告诉你：近来天冷，多穿衣服！

特意为你挖了一个矿，里面有：金榜题名、心心相银（印）、铜（同）心永在、铝（屡）战铝（屡）胜，钾（家）庭幸福，煤（没）有烦恼，钨（无）忧钨（无）虑，铅（前）途无量！

一只蛐蛐跟猪打赌说:"我跳进草里你就看不见我了。"猪说:"我要看得见你呢?"于是蛐蛐跳进草里。猪在看,猪在看!猪还在看!猪咋还在看呢!

如果我左手拿着七个苹果,右手拿着八个苹果,那么可以得出,我有……一双大手。

有两个人去打猎,突然看见一只老虎,俩人撒腿就跑,跑到半截一个人说:"哥们儿,我不行了,别跑了,咱跟老虎死磕吧!"对曰:"我跑不过老虎我还跑不过你?"

动物有钱后的雷人想法

♣

母鸡说:"如果我有钱了,我立马就做绝育手术,永世成为丁克一族。"

♣

癞蛤蟆说:"如果我有钱了,我要开个天鹅养殖场,养上一万只,每天炖一只,吃它的肉,喝它的汤。"

♣

驴说:"如果我有钱了,我要订做个白金躺椅,舒舒服服地躺在上面,一手拿饮料,一手拿鞭子抽主人吆喝他推磨。"

♣

蚊子说:"如果我有钱了,建一个血站,我要让人们排着队来给我输血,就我自己一人喝。"

屎壳郎说:"如果我有钱了,雇人把方圆百里所有厕所的屎都拉到我家来,可劲儿地吃个够。"

老鼠说:"如果我有钱了,哼,我要把所有的大街包下来,白天大摇大摆地走。不,这还不行,我还得雇上十只猫儿当我的车夫!"

大象说:"如果我有钱了,我就买个超级大轿子,雇上百个人抬。"

年关难过

过年回家之程序员的烦恼——每年都要被七大姑八大姨九大爷问职业。特此声明:我不是修电脑的!计算机专业的都是全才,电脑神马问题别管软件硬件都得能解决,得要会编程序,杀木马,熟练运用大小热门冷门软件,尤其是PS。能P图,做网站,做动画,会盗号,会当黑客,甚至深入互联网行业,了解不为人知的行业内幕……还得能清洁显示器和键盘!

今年年会,小李抽中了个一等奖。

第二天午饭的时候,小李得意地说:"我都中了四年的奖了,牛吧?"

小燕羡慕地说:"真棒,你这真是好运连连啊。"

小杨接着说道:"真棒,你这真是弹无虚发啊。"

正在埋头吃饭的小梁抬起头,笑着来了一句:"运气真好,你这真是贼不走空啊。"

小时候,我和表哥都很淘气。过年时放鞭炮,我见到路边横放了几根大水泥桩管,想试下把鞭炮丢进去是不是会更响。事实证明是很响,还从管里跑出来一个乞丐,追着我们一路跑回家啊!

春节放假回家,在路上我看见一个女人猛追一个猥琐男,一边追一边骂,追到了把他按地上一顿猛踹。猥琐男不停求饶,猛女还不停地打。她嘴中喊道:"偷钱包偷手机我都不带跟你急的,想偷我火车票?!去死吧你!"

等我挣到钱了,就买辆火车春运时停在车站,有乘客上车我就告诉他:"对不起,这是私家火车!"

春运列车运行中,大量旅客需要上厕所,厕所供不应求。
小王费了九牛二虎之力,终于来到厕所门口,前面一位旅客如厕半天不见出来,急坏了小王,"里面的,你能不能快点?""急什么,你以为是流水席啊!"里面传来不快之言。急坏了的小王说:"这比流水席还享受!"

签名回语,雷你没商量

关于保密,团结就是力量。

"别把精力投入到无意义的重复劳动中。"这话太有哲理了,我必须要抄五百遍记下来。

我做菜做了个芹菜炒腊肉,起名叫"植物大战僵尸"。

厚德载"雾",自强不"吸","霾"头苦干,再创"灰黄"!

我一定上辈子一直在流浪，要不这辈子怎么这么"宅"……

每次听到机场广播说"请乘坐×××航班的旅客准备登基（机）"，都让我有一种君临天下的感觉。

若想人不知，除非小心点。

明日复明日，明日何其多，既然拖延症，不妨再拖拖。

都说眼睛是心灵的窗户，那眼袋就是心灵的窗台。

上联：十个学生，九个要考试，八天备考，七点起床，背得六亲不认五感不整，为的是四份试卷三道大题，最后答得二不拉几，一塌糊涂……

下联：一所学校，二个考试周，三餐无味，四面寒风，急得五脏耗竭六腑不全，为的是七周寒假八科不挂，最后落得九蒙一中，十分命苦……

横批：大学我来了！

如果一个胖子每天练瑜伽，半年后，他就会成为一个柔软的胖子。
如果一个胖子每天都跑步，他会成为一个健康的胖子。
如果一个胖子每天都少吃点，他会成为一个虚弱的胖子。
如果一个胖子绝食了，那么他会成为一个……死胖子。

我上学时的教材和作业本一定要收藏好了，等毕业了我全用来当厕纸！

冬天，世界上最幸福的事就是能赖在被窝里，最痛苦的事就是起床！

以前是打劫的人都比较横，还都有个口号。现在是"先生你好，XX元，谢谢"，你都没法躲。

怪味词典：
贵不可言——价格高到说不出口。
食不果腹——吃水果要吐核。
水火无情——这是在告诉你要戒酒戒烟。
难以置信——邮箱太小了，e-mail进不来。
揭竿而起——拉钩上吊一百年不许变。

洁身自好——每天洗澡身体好。

不明不白——不到明天天不亮。

你要是鲜花，我就是那牛粪；你要是牛粪，我就是那苍蝇；你要是苍蝇，我就是那有缝的蛋；你要是那蛋，我就是那茶叶。

早年间，刚入行，我向一前辈高人请教软件应用问题，此君曰："这可是我压箱底儿的绝技，不传男，不传女，就传你。"

人贵在言而有信——我说不还钱就不还钱！

我虽然相信海誓山盟，但是未必相信你啊。

我知道，天下无不散之宴席。可是，至少宴席上我要吃得爽！

谁耽误我一阵子，我让他后悔一辈子。

你曾经对我说，会永远爱着我，爱情这东西我明白，但永远是什么？

人生最大的悲哀是青春不在,青春痘却还在。

积极的人像太阳,照到哪里哪里亮。消极的人像月亮,初一十五不一样!

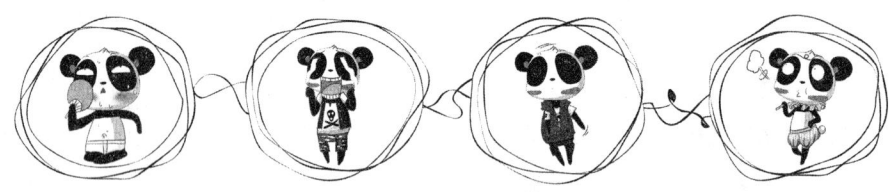

麻辣爸妈囧孩子

老爸的老款旧手机坏了,我给他买了个新的智能手机。没过几天,老爸跟我说新手机进水了,坏了。我问他怎么回事。他说:"你说这个手机可以切水果,结果那天家里来客人买了西瓜……也不好切啊!"

快过年了,医保卡里还有很多钱没用,本着不用白不用的原则,我准备给家里备点常用药之类的,可惜一时说错了话。

我:"爸爸,你有病吗?"

爸爸:"臭小子你什么意思?"

我:"我的意思是你要吃药不?"

爸爸顿时暴怒啊……

过年时我老妈买了一对年画娃娃贴大门上,结果我发现一个上面写着"发"字,一个上面写着"福"字……我终于知道我为什么老减不下来肥了!

每天晚上睡觉前,我都会给儿子读故事,儿子经常听起来没完。
那天晚上,我读了几个儿子从没听过的故事,他越听越精神,我越读越困,最后我央求儿子:"妈妈困得眼睛都睁不开了,宝贝咱睡觉吧。"
儿子回答:"妈妈,你可以闭着眼睛读。"

孩子跟妈妈抱怨,说:"妈妈,我长得尖嘴猴腮的,我不是爸爸亲生的,我爸爸是猴子对不对?"
妈妈说:"当然不是了,再说猴子怎么能当爸爸?"
孩子说:"猴子也可以当爸爸呀,你告诉我,我不会告诉爸爸的。"
妈妈说:"你猴急什么!"
孩子:"我果然是对的……"

我给小外甥在网上订了个玩具,估计是年底快递忙,都好几天了还没到。小外甥缠着我问:"舅舅,你到底买了没有呀?"
我说:"买了,估计是堵在路上了。"
小外甥抓过我的手机说:"那你快跟警察叔叔说,让他们帮忙送

来，警车呜呜的可快了。"

我听了一惊，心想，这快递我也得敢收啊。

妈妈："我给你买部点读机吧，拿着教科书，哪里不会就点哪里。"

儿子："我想要打火机，拿着教科书，哪里不会就点哪里！"

儿子语文考试考砸了。爸爸阅卷后怒斥道："你怎么回事！判断题为什么全写'对'呢？"

儿子理直气壮地说："你看，题目要求就是这样的，'答错扣分'啊。"

儿子说："天气预报说明天有橙色大雾，还有黄色冰，出行有危险。爸爸，我明天就不去幼儿园了啊。"

我拿过报纸一看，上面写着：大雾橙色预警信号和道路结冰黄色预警信号。

教小堂妹做数学题：假如你有六个苹果，吃了一半，还有几个？

答：五个半。

晚上，我正在看手机报一条关于食品质量安全的报道。我对儿子说："过来，爸爸给你看一则新闻。"

他看了我一眼，然后固执地说："我不看，我知道你要给我看什么。"

老婆很奇怪地问："你怎么知道？爸爸要给你看什么啊？"

儿子撅着小嘴说："爸爸肯定又是看到什么鸡肉、快餐出问题了，吓唬我，不让我吃。"

八岁的女儿跟妈妈说："妈妈我要过生日了，你送我什么礼物啊？"

妈妈说："我都把你生日忘了，不记得了……"

女儿来了句："没事，大人不记小人过，我自己过！"

老爸呷了口茶，不紧不慢地说："从明天起，分工进行调整，每天儿子负责买菜，另负责维修；儿媳妇得洗碗、拖地；老婆子只管做饭；孙子在保证做好作业的前提下，要适当地做些体力活，如擦桌椅，倒垃圾等。"

我有些疑惑："爸，活儿我们都干了，那您做什么？"

老爸笑道："我是领导！要督促检查你们的，表彰先进，批评落后。这个工作可辛苦了，一点也马虎不得！"

周末，我带儿子去同事小李家玩。

路上，儿子嘱咐我说："爸，到了李叔叔家，你可不能问弟弟的学习成绩啊。"

我撇了一下嘴，说儿子："就你那七十多分的破成绩，说出去我还觉得丢人呢。"

到了小李家，聊到了孩子的教育问题，他说："我对我儿子的学习就一个要求，及格就行。"

我儿子在一旁特别羡慕地说："李叔叔真好！不像我爸，老让我考高分。爸，您得给我减负。"

我问小李："你真认为成绩及格就行？"

小李点点头说："我儿子现在为了保住班里第一的位置，每天晚上12点才睡，我心疼啊！"

我和儿子一听，顿时不说话了。

今天去洗澡堂子，洗完出来时见一妈妈拉着五六岁的男孩往里拽。男孩死活不进去，边后退嘴里边喊着："我不去，里面都是女的，羞死人了！"

妈妈说："小子你也就这会儿能进，以后想进还没机会了！"

我妈怀我的时候才二十出头，我爸妈都觉得这时候生小孩太年轻了，准备打掉，过几年情况好一点再生。

结果，第一次去医院，医院停电；第二次去医院，跟我妈熟的那个医生出差了(不放心别人)；第三次去医院，器材正在维修……

最后一次去时，医生告诉我妈，这孩子现在已经打不了了，只能生下来。

我躺沙发上往脸上贴黄瓜片休息,老爸在看电视。我说:"能不能不看这电视剧了,看点儿别的。"

老爸看了我一眼,说:"你眼睛上贴着黄瓜还能看见啊?"

我说:"我眼睛没贴,能看。"

老爸"哦"了一声,去厨房又拿了两片黄瓜把我眼睛给贴上了。

女儿体检结果出来了,她拿着体检报告,难过地对妈妈说:"妈妈,我超重。"

爸爸在一边满不在乎地说:"这目测不就知道了嘛……"

我上高中时学会了抽烟。有一次和玩伴在家附近偷偷抽烟,刚抽两口,我同学惊呼:"你爸!"

我一看,吓得我一下把烟就扔了,立刻站那儿不动了,心里特别害怕。

然后我爸怒气冲冲地指着我骂道:"你个败家子儿!烟剩那么长你就给扔了?!"

想起我爸以前真是牛,上班前把电脑的电源线藏起来,害我找了一天都没找到。结果他下班后告诉我,电源线藏在我书包里了。

跟我妈抱怨说我脚冷,穿雪地靴冷,穿棉拖也冷。

我妈斜眼看我一眼说:"想不冷,自己攒钱买风火轮去啊。"

天冷了,儿子不想洗头,每次洗澡之前总是问:"今天洗头吗?"
妈妈说:"你自己闻闻你头发有多臭。"
儿子振振有词地说:"我的鼻子在下面,头发在上面,我闻不到。"

孩子:"爸爸,什么东西有时候是爸爸,有时候是儿子,有时候是狗,有时候是人,有时候是你的同学,有时候又是你的邻居?"
父亲:"哪有这种东西啊?我还真不知道!"
孩子:"哈哈,答案是——小明!"

今天在电梯里碰到两个不到十岁的小孩子,长得粉雕玉琢的,特别可爱。两人进行了如下对话。
"你有女朋友吗?"
"没有。"
"我有两个,送你一个,女人多了烦!"
……姐一个人在风中凌乱。

女儿今天的语文作业之一是背诵《出师表》,我陪着女儿一起背,实在忍不住感叹了一句:"原来诸葛亮是被累死的呀!"
女儿无奈地说:"他把自己累死也就算了,临死写这么个东西,

这是想把我们也都累死啊。"

爸爸一脸严肃地问儿子:"你们张老师说你经常逃他的课,怎么回事?"

儿子:"他,他经常罚我跑操场,下课了才让我回教室。"

爸爸顿时火冒三丈:"居然有这种老师,竟然敢体罚学生,他教什么的?"

儿子支支吾吾地说:"体……体育。"

儿子在做作业,他问我:"爸爸,'四书'除了《论语》,剩下的三个是什么啊?"

我告诉他:"是《中庸》《孟子》《大学》。"

"哦,《孟子》是哪两个字啊?"

我答:"就是亚圣孟子的那个孟子。"

他又问《中庸》怎么写,我也告诉他了。

最后他问我:"《大学》是哪个'大学'?"

我随口告诉他:"就是你想上的那个大学。"他点点头写上了。

等他做完作业,我检查的时候发现,"四书"他写的是:《论语》《孟子》《中庸》和《清华》。

儿子拿着爸爸的文件问:"爸爸,啥叫整体抓紧,局部放松?"

爸爸想了想,说:"打个比方,你看你妈,天天要减肥,这就是整体抓紧。但是她吃多了肚子又大了,这就是局部放松。"

冷人的忽悠、穿越和二货禅师

"各位游客，这个山洞就是当年唐僧师徒取经路上休息过的地方。"

"导游你胡说！"

"真的，你看这洞里的确有猴粪、猪粪、马粪，还有人类的排泄物。"

有个人问禅师："世人骂我、辱我、笑我、轻我、贱我、恶我，如何处置乎？"

禅师曰："忍他、由他、耐他、敬他。"

"我懂了，你是让我放下这一切吗？"

"不，我是说你活该。"

香客："大师，为何佛道中人喜欢说阿弥陀佛？"

禅师："施主，身为出家人，用呵呵来表达情绪太没品位了。"

香客："受教了，佛家文化果然博大精深。"

禅师："呵呵。"

香客惊呼："大师不应该说这两个字啊！"

禅师叹了口气："贫僧南方人，南无阿弥陀佛……"

青年问禅师："大师，我很爱我的女朋友，她也有很多优点，但是总有几个缺点让我非常讨厌，有什么方法能让她改变？"禅师浅笑，答："方法很简单，不过若想我教你，你需先下山为我找一张只有正面没有背面的纸回来。"青年略一沉吟，默默地掏出一个麦比乌斯环。

禅师拿着青年的麦比乌斯环说："正面亦是反面，反面亦是正面。优点和缺点，只是看待的角度不同罢了。你既然知晓这麦比乌斯环的深意，又何必在意她的小缺点呢。"青年拜服，转身离去。禅师继续诵经，经书上赫然写着三个大字：拓扑学。

老婆——没有几个男人能伤得起

♣

老公的表哥与他老婆吵架了。婆婆要老公去当和事佬,老公来向我求助,说:"如果我们吵架了,你希望收到你弟弟发什么样的短信给你呢?"

我装模作样扮思考状,说:"姐,要我带多长的刀过来?"

♣

"每天,叫我起床的不是闹钟,而是梦想。"曾经这段话是我的座右铭。而现在,每天叫我起床的不是梦想,也不是闹钟,而是我老婆的玉手掐我肌肉的痛感……

♣

一个士兵收到了一封家乡来信,当他拆开信封,从里面取出的却是一张白纸。

"怎么什么都没写？"朋友问。

士兵说："我离开家乡时和媳妇吵了一架，从那以后，我们一直谁都不跟谁讲话。"

姐姐跟姐夫说："你真笨，藏的私房钱被我一下就给找着了，真没意思，钱我已经花了。"

姐夫跑到他藏钱的地方翻了一下，笑着说："没有啊，还在呢！"

姐姐咆哮："你还真敢藏私房钱！活腻了吧！"

那天，我不小心在老婆面前放了个屁。老婆盯着我，我灵机一动，打开我俩常玩的整人游戏说："老婆，那是游戏的声音！"

老婆兴高采烈地说："你的游戏在哪儿下的，我下的怎么都没味道？"

购物的时候带着不会砍价的老公真是件痛苦的事！一件衣服卖179，我心里正掂量着直接从100块开始砍呢，还是从120砍呢，老公突然出现说："175卖不卖？"

昨晚上我终于忍不住了，冲老婆大吼："我娶你不是让你这么欺负我的！结婚前你不是这样啊，你的良心到哪儿去了？"

老婆斜眼看着我道："被你吃了。"

♣

老公:"你为什么天天化妆,这是什么心理?"

老婆:"与你天天刮胡子一样的心理。"

♣

婚礼上,司仪问新郎新娘:"以后家里说了算的那位往前迈一大步!"

新娘笑眯眯地一动没动,新郎想了想,往后退了一大步……

♣

老婆:"这么早就下班回来了?"

我:"是啊,饿死了,你说做饭我就赶紧回来了。"

老婆:"吃什么?菜还没炒啊!我做饭,但我没说炒菜啊!"

♣

老公:"窈窕淑女,君子好逑。"

老婆:"你一打开电视机,就只知道看球。"

老公:"昨夜星辰昨夜风。"

老婆:"今朝有酒今朝醉,管他东南西北风。"

老公:"啊,忽如一夜春风来……"

老婆:"你昨晚呼噜了一夜,大清早还敢发'春疯'?!"

♣

老公看到衣柜里的衣服,对妻子说:"女人真是喜新厌旧。"

老婆马上反驳道:"谁说的,我也很恋旧的。"

老公问:"什么你喜欢旧的啊?"
老婆说:"年龄!"

♣

我买了一瓶遮瑕霜,用了之后发现效果真的不错,有换张脸的感觉。
老公看了却说:"真白,跟刚刷完的墙面似的。"

♣

在泰国观看大象给游客做按摩的表演时,夫妻俩开始了对话。
夫:"这大象是如何训练出来的呢?"
妻:"先让它踩一个针板……"

妻子:"你不喝酒的,怎么最近在家里喝起来了?"
丈夫:"我最近听人说酒能壮胆。"

夫妻两人应邀参加古代刑具展,妻子看到挂着的牛皮鞭子,对身边的丈夫说:"一会儿我就去看看有没有卖仿真的,这么好的刑具咱家也该有一条。"

♣

某人看着老婆遗像,想起了老婆生前打骂他的情景,立刻咬牙切齿地举起拳头来。这时,忽然一阵风吹来,把遗像刮得动了一下。他急忙把拳头缩回来,笑着说:"老婆息怒,老婆息怒,我就是比划一

下，跟你开玩笑呢！"

老婆柔情地对我说："亲爱的，我们真是天生一对。我最擅长'偷菜'，你最擅长炒菜，家庭分工多明确啊。"

参加朋友的婚礼，我精心打扮了好大一番，待一切准备妥帖，我满意地打了一个响指，对等在一旁许久的老婆说："老婆，把礼金给我。"

老婆冷冷地说："还要什么礼金啊？打扮得这么体面，一会儿把'新郎'的胸花别你身上，你就等着收礼金了。"

老婆对我说："'你的是我的，我的还是我的'，这句话这简直是藐视家庭和谐，在咱家，我俩必须平等。家务事是你的，电视遥控器是我的；贷款卡是你的，工资卡是要交给我的……"

早上我在厕所拉便便，喉咙突然很痒，忍不住咳了几声。
在客厅的老公关切地问："怎么咳嗽了，是不是噎着了？"
我真想出去打他一顿……

周日上午，我和老婆去商场买衣服，可到了那里一看，老婆看上

的衣服卖完了，只给我买了一件衬衫，老婆生了一肚子气就回家了。

下午，我穿着新衬衫和老婆在小河边散步，正巧看见一只漂亮的大公鸡和一只不太好看的黑母鸡在河边觅食，我惊叹道："这么好看的公鸡怎么和丑母鸡在一起！"

老婆一听白了我一眼，说："那公鸡连蛋都不会下，再不穿得漂亮点儿，那还有什么用！"

老婆："如果我们死了，都下地狱怎么办？"
老公："像你这样的人，一定会上天堂的！"
老婆："真的吗？"
老公："我肯定会这么祈求上帝的，我们两个都在地狱的话，又结为夫妻，对我来说，那才是真正的生不如死。"

他背着老婆走在回家的路上，突然温柔地对老婆说："每次背着你我都会觉得我背负着很大的责任。"

她害羞地把头埋在他背上，他停下来喘了口气："责任重于泰山啊！"

感悟生活要有一颗幽默之心

下辈子要做猫：永远姿态优雅，被所有人宠幸，重要的是还有九条命。

这个世界上，永远不要妄图依靠任何人，因为即使是你的影子也会在黑暗里离开你。

懂得太多，看得太透，不是抛弃这个世界，就是被这个世界抛弃。

小时候妈妈说我要不好好学习就会去掏大粪，于是我努力学习考

上了医学院，但是现在每当我面对肠梗阻的病人，我都会想起妈妈说过的话。

母亲节给妈妈买了块表，3000块，骗她说是100块钱买的。后来女友生日我没钱了，50块钱在网上买了个玻璃项链骗她是800块钱买的，水晶的。做男人真累啊。

30多岁的男人是最让人厌烦的生物，少年的心气散尽，老年的修为还没炼成。看尽却没看透，看花了眼还嫌没看够，所有的不过是经历了一堆破事。稍微混得像样点，就到处说教扮演人生导师。姑娘们，所谓的大叔不过就是一碗馊了的干饭，加点葱花鸡蛋翻炒成腻味的蛋炒饭啊！

俏皮的花，名副其实的花言巧语

油菜花：开花、结籽、打油，会了这些就是"有才华"吗？

牵牛花：顺手牵羊算什么，俺能牵牛，比他们厉害多了。

茉莉花：你们人类唱歌说我是"没力"的茉莉花，我太伤心了。

水仙花：俺经常泡在水里，就算小时候长得像大蒜，也能成凌波仙子。

蒲公英：我最自由，每年都带着降落伞到全国各地去旅游。

腊梅花：真郁闷，总有人说俺脸色不好像腌过的，俺是新鲜的。

藏红花：什么？说俺把红花藏了起来，没人知道那是多音字吗？

非洲菊：别总是戴着有色眼镜看问题，我也是五颜六色的，不是黑色！

蝴蝶兰：我要去参加模仿蝴蝶的百变大咖秀。

野菊花：我本身就没什么香味，和家花没有可比性，另外，不要随便摘我哟，很麻烦的。

搞笑师生斗，那些爆笑的校园笑话

大学校园的草坪，总被抄近路的人践踏，后勤处的老师就在草坪边上立下比如"芳草青青，脚下留情"之类的警示标语，但是效果不明显。这几天要举行考试，踩草坪的人更多了。后勤部的老师灵机一动，立了个新的告示牌，从此再没有人踩草坪。那告示牌上写着："踩一棵，挂一科。"

老师："上课点名，我不喜欢，所以我不会点名的。"
学生狂喜，群呼老师万岁。
老师："今后我决定改为上课签到。"

一次老师正在讲家族遗传图谱，老师问："要是他生的女儿携

带这种病,跟一正常男人结婚生孩子,那孩子患遗传病的概率是多少?"奇葩同学答曰:"可能是零!"老师问为什么,他说:"因为那女孩可能得了不孕不育!"老师:"你给我滚出去!"

今天考试,我从一个星期前就开始做准备了。我用铅笔把公式写在桌上,被老师发现只好擦掉。又写了一遍,结果又被老师发现了。如此重复了几个来回后,神奇的效果出现了:我把公式背下来了!

今天李晓明终于睡到自然醒,他伸了伸懒腰,看了看旁边的女人,微笑着说:"美女,你叫什么名字?我会记住的。"

"我也不知道你叫什么,不过我知道你这科肯定挂了。"监考老师说完,收走了他的白卷。

我们初中班主任是个极品,其他老师管不住的班级一交给他,每个学生就都变得特别老实!

那天有两个男生打架,他让两个男生在女厕所门口站了一下午,每进去一个人就喊一声"欢迎光临",最极品的是等那人出来时要喊"好吃再来"!

你能想象那些女生看那两个男生的眼神吗?

普通大学取暖靠暖气,文艺大学取暖靠空调,像我们这种大学取暖靠一身浩然正气……

🎀 这次考试考得很不错啊,只挂了两科,文科和理科。

🎀 语文考完了,我哭了,数学考完了,早知道和语文考完那次攒一起哭了。

🎀 化学中有一个神奇的东西,它水火不侵、百毒不伤,它不溶于酸,不溶于碱,不溶于盐,不溶于有机物。无论你是在喷灯上加热,还是通上高压电,它都毫发无损,它拥有最稳定最优秀的化学性质,却总被人遗弃。它的名字叫:杂质……

老师总是教育我们要爱护树木,可是,老师我想对你说:下次少印点试卷吧。

上学的时候,大家流行转笔,玩到后来看见类似笔的东西也想转。那天和室友在食堂吃饭,我吃好了等他,无聊地拿筷子转着玩,力道没控制好,飞出去插在了邻座女生的饭里……

上学时大家普遍身高都偏矮,但班上有两个同学的身高都是一米九左右。有一天,他们因为小事打架,我用一米六的身躯劝架未果,

一同学对我说:"这属于高空作战,你去是没用的。"

平安夜,室友在床头挂了只袜子,第二天起来发现袜子鼓鼓的,他很兴奋地伸手进去掏。然后……然后他很激动地吼道:"哪个混蛋往老子袜子里放瓜子皮!"

我有一个吃货同学,那天下课他肚子饿了,翻出来根香蕉要吃,我对他说空腹吃香蕉不好,这二货说:"吃第一口是空腹,第二口就不是了。"

有个人爱说好话,从不得罪人。一天,他的朋友批评他:"你就是个老好人,就是万恶的魔鬼你也会说他的好话。"

此人道:"虽然他没有我想象中的好,不过他长得还不赖啊。"

老师教育一个屡犯错误的学生:"别人犯错都能吸取教训下次不犯了,你怎么不这样?"

此学生谦虚地答道:"我觉得我吸取的教训还不够。"

我成绩很差,大学时挂了好多科,后来又很努力地补考过了。毕业时,老师问我上大学遗憾吗?我说,没上大学之前感觉不上很遗憾,上了大学之后感觉上了很遗憾。

某人就他个人发展方向征求他朋友的意见。
他:"你说我将来是做个诗人呢,还是做个歌手?"
朋友:"做诗人吧,现在的诗写起来很简单。"
他:"为什么不赞成我做歌手呢?"
朋友:"因为我听过你唱歌。"

我高中时的同桌爱放臭屁,经常给周围的同学造成很多困扰。有次,一股恶臭飘过,我问他:"你是不是又放毒气了?"
前桌的MM回头说:"他的不是这个味。"

室友A:"我新买的衣服好看吗?"
室友B:"衣服真好看,你不去整个容搭配一下吗?"
室友A:"……"

隔壁宿舍音响特牛,声音一放全楼道都能听见。有一次我在楼道里问他们屋的一个同学:"里面音响不错,什么牌子?"
那人说:"岂止是音响不错,还双卡双待呢。"

本来想在QQ空间发表说说:昨晚喝多了,躺了一天。
看到最近访客有老妈,遂改成:快考试了,看了一天的书,好

累，加油！

同桌做着做着卷子睡着了，在睡梦中放了一个惊天动地的响屁，而且味道极其难闻。大家顿时都停了笔看着他，但是他丝毫没有醒来的意思。监考老师脸都气绿了，我们都使劲憋着没敢笑。可这时，同桌居然还说起了梦话，只听他吧唧了一下嘴说："好吃！"

学校规定老师上课不许接电话，有天上数学课，老师电话响了，老师纠结地看了半天，问我们："领导电话，接不？"我们回答："必须接！"然后老师出去大喊一句："老婆干啥啊，我上课呢！"集体晕倒！

幽默的人就是会逗人开心

乘客A:"这趟公交车可真暖和。"

乘客B:"是啊,尤其是外面那么冷,刚上车好像钻被窝了一样。"

乘客A:"你家被窝能放这么多人?"

医生:"你这两颗坏牙可以拔掉了。"

患者:"医生,牙拔掉了会不会有啥副作用啊?"

医生:"你的体重可能会轻一些吧。"

有时候我很想离家出走,可我想,我要是失踪了,我的父母应该会特别着急,到处贴告示,告示的内容大致会是:空房出租,价格面议。

张震拍《赤壁》,他熟读三国;拍《建党伟业》,把民国史熟记于心;拍《深海寻人》,考到了PADI潜水执照;拍《吴清源》,围棋已能压制专业三段;《一代宗师》杀青,他拿了全国八极拳冠军。据说下一部片是《司马迁》,他会给我们带来什么惊喜呢?

一哥们儿头发自然卷很严重,某天他去理发店剪头发,说了一堆自己的想法。理发师听完说道:"老弟呀,你这头发要是这么剪,就白烫了……"

我有一个朋友,每月发了工资就给家里一千元,我们都觉得他真是个好人,可没过多久我听说他每月跟家里要两千元……这是放高利贷吧。

朋友要请我吃饭,边开车边和我讨论要吃什么。
他:"想吃特色菜还是好吃就行?"
我:"够贵就行。"
他:"前面那家不错但这个时间要排队。"
我:"是很贵的馆子就没关系。"
他:"有没有什么不吃的?"
我:"便宜的。"
他:"……你给我下车。"

早上上班的时候,突然有快递进来送花给我们一个男同事。我们都不好意思问他怎么回事,只见他拿着花迷茫一阵,突然一拍头说:"哎呀!收件人和寄件人填反了!"

医院候诊室里,病人忧心忡忡地问:"大夫,我刚才误喝了半瓶汽油,怎么办啊?"

医生:"不用担心,没多大事,要记住这几天不能抽烟。"

医生问道:"如果我把你的一只耳朵割掉,你会怎样?"患者回答:"那我会听不到。"医生听了:"嗯嗯,很正常。"医生又问道:"那如果我再把你另一只耳朵也割掉,你会怎样?"患者回答:"那我会看不到。"医生开始紧张了,"怎么会看不到咧?"患者回答:"因为眼镜会掉下来。"

医院里一个大学教授跟医生描述症状:"呃……嗯……就是那个物体跟它的像不能重叠在一起……"我们大眼儿瞪小眼儿了许久,大夫阿姨突然顿悟了:"您是说看东西有重影儿吧?"……崇拜良久。

谈情说爱的笑人囧事

一个失恋女孩哽咽道:"分别时他送我一枝白玫瑰,并且悄悄地跟我说,一旦花枯萎了,他就回来。"

"哦,多么浪漫呀!"

"那他为什么送我塑料花!"

A:"相声讲究的是'三分逗,七分捧'。"
B:"谈恋爱不也是这样吗?"

女:"你每次看我怎么都睁一只眼闭一只眼呢?"
男:"这样看得清楚又踏实。"
女:"为什么?"

男："打靶时都只用一只眼睛瞄准的。"

女："今天出门,我看到的女人都没我年轻,没我好看。"
男："你去的是养老院吧?"

我酒量很差,所以女友平时如果想套我什么话,就会哄我陪她喝酒。这天早上我醒来时,发现女友满面泪痕地看着我,弄得我特别紧张,赶紧解释:"亲爱的,无论我昨晚说了什么都不是真的!"
女友狠狠打了我一拳:"笨蛋,你昨晚向我求婚了。"

妹子和帅哥走在雨里。
妹子："我们打一把伞好吗?"
帅哥："你不是有伞吗?"
妹子："……"
妹子："今天晚上陪我看星星吧?"
帅哥："大阴天看什么星星?"
妹子："……"

一哥们儿被分手,最后求女友一起去一次KTV,还叫了好多朋友,然后当着我们的面送了首《嘻唰唰》给他女友。
"请你拿了我的给我送回来,吃了我的给我吐出来……"

女朋友对我说，女人说不要的时候就是想要，说要的时候就是不想要。

今天，女朋友说要去爬山，她对我说："你不要背我上山。"

我想起那天她的话，说："好，我听你的！"

下山时，女朋友对我说："你说过要听我的，我要你背我下山，不到家里不许放下我。"

我怎么搞不懂她了……

我跟女友在公园约会，正巧有一群鸽子从头顶飞过。

我对女友说："我的新房阳台很大，我打算等咱们结婚后也养群鸽子，你觉得怎么样？"

女友快言快语道："好啊，我特别喜欢鸽子！"

我兴奋地说："我也是，你最喜欢哪种鸽子？"

女友抿了抿嘴说："红烧，清炖也不错！"

某日我和女友聊QQ，我突然深情地说："亲爱的，你把我吃了吧，那样我们就可以永远在一起啦！"

谁知女友突然爆强悍地说："不行！拉出来怎么办？"

有网友问：和女朋友吵架了怎么办？

经过了一番讨论，众人选出的最佳答案居然是这个。

大吼一声:"老子要不是看你漂亮、温柔、善良、可爱,早和你分手了!"

此举霸气又戳中妹子软肋,据不完全统计,用完这一招,妹纸们的生气程度立马骤降80%!

我们有个女同学长得有点抱歉,有一天一个二货同学和这个女生说:"你咋长得这么像猩猩呢?"

只见这个女同学瞪大眼睛回道:"你长得还像月亮呢!"

女:"你知道世界上什么东西最硬吗?是你们男人的胡子!你们的脸皮那么厚,胡子都能长出来,是不是最硬啊!"

男:"那你知道世上什么东西最厚?"

女:"是什么?"

男:"是你们女人的脸!胡子都那么硬了,你们女人都长不出来!"

我暗恋女生的签名一直是:最大的梦想是和他一起环游世界,还要带上我们的狗。

有一天,我终于鼓起勇气对她说:"我和你的梦想一样,以后我们一起环游世界吧!"

她很快就答应了我:"嗯!好的,我男朋友肯定能同意。"

女：你这么优秀，会被越来越多的人喜欢，那我怎么办？
男：被我喜欢。

话说大哥和嫂子感情很不错，只是大哥有时候一着急说话就吼，态度极其不好。有一次我手机没电了，就用大哥手机打电话，刚要打就来了个电话，我一看，上面显示"注意说话态度！"我还纳闷这是谁呢，等大哥接完电话，和我来了一句"你嫂子"，我当时就凌乱了。

幽默动物的年终考评

获得差评的动物:

鸵鸟:一直做事顾头不顾尾,工作一出错就躲起来。

野兔:不安心本职工作,整天贷款买房,业务荒疏。

刺猬:不懂团队精神,和同事有分歧时易使用暴力,导致工作效率低下。

乌鸦:与同事相处不融洽,常讲他人黑话,影响团结协作的工作氛围。

树懒:工作时喜欢打盹偷懒,效率低下,不能正常完成各项工作。

驴：个性太强，常常发脾气。但吃苦耐劳，常从事艰苦劳累的工作。

获得好评的动物有：

蜜蜂：始终坚持团结进取的作风，工作心态极好，经常把甜蜜的劳动成果奉献给大家。

公鸡：一年勤勤恳恳、任劳任怨，永远是最准时到达公司的人。

鹰：视野开阔、高瞻远瞩，工作雷厉风行，从不拖泥带水，成绩斐然。

骆驼：始终发扬吃苦耐劳、乐于奉献的精神，经常帮助同事，牺牲自己，也要服务大家。

多少历史故事,都是因为没有"车"

武松打虎,成为英雄,当地电视台前往采访,武松大发感慨:"要不是那么早就没公交车了,我至于独自一人赶夜路,还差点命丧虎口吗?"

孙权的兵马眼看就要追上刘备和孙尚香了,刘备只好打开孔明给的第三个锦囊。只见上面写道:"要想躲过追兵,赶快放弃马匹,找一部性能良好的越野车!"

梁山被招安前,宋江主持召开全体大会,他兴奋地说:"兄弟们!朝廷说了,咱从了以后,每人给配一辆原装进口德国奔驰轿车!"

姜子牙坐在河边钓鱼，别人问他为什么不上鱼钩，姜子牙回答："刚刚喝多了，车让我开河里了，我试试水深浅，一会儿捞车。"

鲁智深还俗后，靠卖肉发了家，形象也和以前判若两人。一日去购车，相了几款，总说车轻。卖车老板以为他在捣乱，指着一款商务车说："你要是能搬得动，此车送你！"鲁智深大喜，扛起就走。

刘备三顾茅庐，诸葛亮终于答应出山。来到卧龙岗下，诸葛亮环顾四周好长时间，刘备忙问："先生在找什么呢？"诸葛亮回答："你也太小气了，也不派车来接我。"

林冲火烧草料场后，欲打车前往梁山。司机一听去梁山，死活不依。林冲怒道："我记着你车号呢，你就不怕我告你拒载？"

司机回答："就是丢了这份差事，我也不去！"

搞笑昆虫的征婚启事

苍蝇：本雄蝇体格健壮，抗病能力极强，平生喜好飞行，目前已进入昆虫类特级飞行员的行列。平素酷爱本职工作，不怕脏不怕累，始终保持旺盛的精神和斗志。因一直遭人误解，苦无伴侣。希望找一位才貌双全，有飞行技术学历，并与自己性情相投的雌蝇为伴，满足条件者请联系QQ：XXXXXX。条件适合，约会的请到蜘蛛网吧与网吧管理员联系。

蚊子：本蚊子体态姣美，娉婷若仙鹤，前夫专以植物的花蜜和果子、茎、叶里的汁液为食，因双方饮食习惯不同，导致婚姻破裂。如今本方吃喝不愁，生活无忧，欲觅一位勇敢的雄蚊，与自己终身为伴，有意者请拨打本人手机：XXXXXXXXXXX。

蜜蜂：本蜜蜂身体健康，工作甜蜜，曾经被评为采蜜标兵，并受到蜂王的接见。随着年龄的增加，现在特别想找一位知疼知热的亲密伴侣，希望对方身体康健，采蜜水平高，陪自己一生。有意者可通过"蜂情万种"婚介公司联系详情。

蝴蝶：本蝴蝶轻盈妩媚，美丽如花，现在百花艺术团任首席舞蹈演员。因为前夫无意扇动了一下翅膀造成异国海岸风暴，精神压力过大而与我离婚。现我欲寻一位老实厚道的夫君作为爱侣，希望重温家庭温暖，共同实现美好的人生。符合条件者，可把个人资料文档直接发送到我的电子邮箱。

名著段子,极品混搭冷笑话

♣

某日,白素贞放了个屁,许仙恍然大悟道:"娘子原来是条响尾蛇?"

♣

唐僧:"盘缠用完了。如今只有卖掉你们其中之一来换钱,只能舍弃贡献最低的那位了。"

见大家的目光有意无意都瞥向自己,白龙马慌忙提醒唐僧:"师父!舍我骑谁?!"

唐僧闻言欣慰地笑笑,然后白龙马就被卖掉了。

♣

刘备问关羽:"你本领如何?"

关羽说:"能在千军万马当中取上将首级!"

刘备大喜："太好了！快去把曹操新买的iPhone5S取来给我。"

♣

包大人对展昭说："一会儿看我脸色行事。"
展昭："大人，这恐怕有点困难！"

♣

包青天向皇上说起百姓的贫困生活："有些地方百姓生活好苦，连煤油灯都点不起，屋子里漆黑一片，我进去他们都看不见我。"
皇上看了他一眼说："这太正常了。"

公孙策每次写完毛笔字都有舔一舔毛笔的习惯，弄得嘴唇特别黑。一天展昭凑过来对公孙策说："你……是不是亲了包大人？"

展昭学画，在宣纸上涂了一团乌黑。公孙策说他技艺不精，展昭冷冷道："我是在画包大人的肖像，这你还看不出来吗？"

嫦娥将天蓬调戏她的事告到了玉帝处。玉帝问太白金星："爱卿认为天蓬此举该如何处置？"
太白金星答："按律当诛。"
玉帝有些惋惜地点了点头："唉………当猪就当猪吧。"

♣

南宋年间,大侠杨过在街上遇一郎中,问:"可曾见一女子,白衣如雪,美若天仙?"

郎中:"见过啊。"

杨过追问:"她功力深厚,恍若天外飞仙?"

郎中:"没错,她是不是'属'蛇?"

杨过露出多年未见的笑容:"终于要找到姑姑了,哈哈哈!敢问阁下大名?"

郎中笑道:"在下许仙……"

♣

看《白雪公主与猎人》,一个小矮人替公主挡了一箭,然后小矮人死了。可是,能射中小矮人的箭,小矮人如果不挡这一箭的话,公主最多是膝盖中箭!小矮人死得多亏啊!

♣

八戒:"猴哥,最近每次我和白龙马开玩笑,它都会在泥地打个滚,然后跑开几步拉马粪,这是怎么了?"

悟空:"呆子,它的意思是:泥马,去屎……"

♣

"最近视力下降很厉害,不知道是不是生病了。"

"你看医生了吗?"

"看了。"

"怎么样?"

"没看清。"

♣

"我一看你就像侠客。"

"哪个大侠？"

"太多了，你长得像杨凡，智商像郭靖，举止像田伯光，学历像灭绝师太，性别像东方不败，声音像岳不群。"

有个人集齐了七颗龙珠，神龙突然从天而降，大声说道："说出你的愿望吧。"

这个人猛地坐到地上破口大骂："你吓死老子了！"

然后他的愿望实现了……

眼见白素贞被关进雷峰塔，许仙悲痛欲绝，跪求法海放人。

法海冷笑，"放人？哼哼！先唱个曲儿给我听！"

许仙一咬牙，忍辱负重唱道："法海你不懂爱……"

♣

唐僧师徒取经，遇六耳猕猴作祟，真假猴王无人能辨，只能到唐僧跟前求鉴定。

唐僧说："为师要吃桃子。"两只猴子立马都变成了桃子。

唐僧说："八戒，把那只猕猴桃给我拿下！"

幽默思维、视角下的内涵雷语

路过一饭馆,看到门口写着"生日送好礼,满50送20"。我盘算了一下,50岁生日的时候去那里吧,正好把70大寿给过了。

让大师写了一幅书法送给我,上书:乘风破烂儿。

我的理想是,开一间人类灵魂的垃圾回收站。

你没事儿老梦我干吗,问过我的感受吗?

男:"亲爱的,你就是上天赐给我的天使,我都看到你背后的羽毛了。"

女:"你又玩我的羽绒服!"

我六点就醒了,一想到年轻人应该像早上八九点钟的太阳,就又默默地缩进了被窝。

天空是平板电脑,云是神的指纹。

凡事拿得起,就要有扔得出去的态度。

足球场上,一方的边锋跑到裁判跟前问:"对不起,您家的拉布拉多是什么颜色的?"

"我压根就不养狗。"

"不会吧!你竟然不用导盲犬?"

足球教练在赛前对他的队员们面授机宜:"你们抢不到球,就往对方腿上踢!"

一队员忽然道:"那球怎么办?"

另一队员:"到了那时候他的腿就是球。"

足球解说员四大特点：1.像老师，一比赛就点名。2.像售货员，一到门前就大喊。3.像事儿妈，一个典故天天讲。4.像小知县，偏爱一方太明显。

我看球的相当一部分乐趣来自于：难得看这么一群千万富翁跑得脸红脖子粗，摔得人仰马翻，这样我的心里平衡多了！

《新白娘子传奇》插曲之《开饭咯》：哎嗨嗨，哎嗨嗨，哎嗨嗨，哎嗨嗨。西葫芦美味，山楂甜呐！春芋入酒，溜乳燕呐！有缘千鲤来相烩，无缘炖面手难拑。十年修得同涮肚，百年修得共抻面。若是炝呀腌呀有灶哇，白薯通心菜眼前！若是炝呀腌呀有灶哇，白薯通心菜眼前！

谨以这首《水手》高潮版，献给天下胖女孩——她说丰腴肿这点痛算什么，擦干泪不要怕，至少我们还有萌。她说丰腴肿这点痛算什么，擦干泪不要饿，去运动！

任贤齐版《神雕侠侣》："杨过悲也好，杨过醉也好，小龙女她都不明了。"

经典幽默的人生哲理趣语

 成功的人生用四个字就能概括了:"尖"字即能大能小,"斌"字即能文能武,"卡"字即能上能下,"引"字即能屈能伸。

 站在山脚下和站在山顶上的人,在彼此眼里的对方却是一样小。

 如果一堆水果里有好有坏,你就应该先吃好的,把坏的扔掉,如果你先吃坏的,好的也会变坏,你将永远吃不到好的,人生亦如此。

 君子报仇,十年不晚;小人报仇,从早到晚。

为什么你坐在那儿，看上去就像一个没盖邮戳的明信片？

思想就像内衣，要有，但不能逢人就证明你有。

肚子里的油水和墨水，你总得选一样。

什么是奢侈品？你想要而得不到的都是奢侈品。

客户的所有要求都能总结为下面这样一副对联：上联：高端大气国际化，下联：时尚抓人有个性。横批：眼前一亮。

欲望就像打地鼠游戏，打完还有，而且你永远也不知道下一个在哪儿。

谁说水火无情，当你快要被口水淹死的时候，你就火了。

超有笑的愚人囧事

 一个小伙子大老远地来到鉴宝节目现场,拿出瓷器,几个专家认真辨认,告诉小伙子是清晚期的。小伙子高兴得掏出手机说要给爷爷打电话。摄像师见状,赶紧悄悄跟过去抓拍,只听小伙子高兴地说:"爷爷,专家说了,你烧的瓷器是宋朝的!"

 飞机上一个男人喊:"我要向你们航空公司抗议!我每次搭机都坐同一个座位,没电影看!连个窗帘也没有,害我连觉都睡不成!"
空姐说:"你又喝多了,机长!"

 A:"我老婆和收煤气费的吵了一架。"
B:"谁赢了?"

A："没赢没输。我家的煤气被断了，他也没从我老婆那里收到钱。"

　　A："你拿着胶条干吗？"
　　B："别提了。早上买饭，找回来一张撕开的一元纸币，我就想买个胶条粘一下。"
　　A："那为什么不粘啊？"
　　B："买胶条时把那一元钱花掉了，现在拿着胶条不知道干吗用了。"

　　富翁给了仆人一封信和三十便士，让他去寄信，并嘱托道："你买张邮票贴到信封上，投到邮筒里就可以了。"
　　不一会儿仆人回来了，手里还拿着钱。
　　富翁问："信发了吗？"
　　仆人得意道："当然发了，我看邮筒四周没人，就偷偷地把信投进去了，一分钱都没花。"

　　醉鬼走在街头，逢人便问："现在几点了？"行人都看看表后告诉了他。
　　问了半个小时，他便喃喃自语："一群骗子，一个问题，能有这么多种答案吗？"

　　小李坐火车，找到自己的座位后，发现一个大汉坐在自己的座位上，于是他很礼貌地说："对不起，这是我的座位，麻烦让一下好吗？"

大汉凶神恶煞地说："这明明是我的座位。"

小李不信，大汉掏了自己的车票给他看。的确，他的座位在这里，但小李还是一脸无奈地说："大哥，你坐错火车了。"

有一个男人非常不善于说话。一天邻居生了个儿子，办了几桌酒席，他也去了，怕自己又说错话，就低头光吃东西不作声。直到吃完了，他才对大家说："我今天可什么也没说，这个孩子要是死了，可别怨我。"

张三到李四家闲坐，见桌面上有水，便蘸着在桌面上随便写了"我要当皇帝"五个字。李四一见，如获至宝，赶忙扛上桌子到县衙告发张三谋反，想讨个重赏。可桌面上的字早被风吹干了，县官问他干啥来了，李四只好苦笑着说："家中祖传楠木桌子一张，特扛来孝敬老爷。"

两位老妇人聊到了她们的生活，一位说："我现在有一个毛病，有时打开冰箱后，忘记了自己到底是来拿东西，还是刚刚把东西放了进去。"

"谢天谢地，"另一位说，"我没有这样的毛病。说着她用指节敲着桌面，发出清脆的敲击声。

"啊！有人敲门！"她惊叫道。

过去有个叫王五的人,家里很富有。当时有钱可买官做,王五就花钱买了个官。

上任以后,去谒见上司。上司问道:"你管辖的那个地方,风土怎样?"

王五说:"我们那儿并无大风,尘土就更少了。"

上司问:"春花怎样?"

王五答:"今年春天的棉花每斤二百八。"

上司问:"百姓怎样?"

王五答:"白杏只有两棵,红杏倒有不少。"

上司有些生气,说道:"我问的是黎庶。"

王五说:"梨树很多,结果子却是很少。"

上司火了:"我不是问什么梨杏,我问的是小民!"

王五忙站起来说:"是,大人!我的小名叫狗子。"

飞机起飞后,一位空中小姐给旅客发口香糖。

"这口香糖干什么用?"一位第一次乘飞机的旅客问。

"为了使你的耳朵不嗡嗡作响,先生。"

飞机着陆后,这位先生对空中小姐说:"安全了,现在你能帮我把它从耳朵里取出来吗?"

务农的叔叔进城来度假,初次到天象馆参观。他回来后很起劲地对我说:"那天简直和真的一模一样。说实话,我从来没见过比那个更逼真的月亮和星星。"

我问他:"后来呢?"

他如梦初醒地回答:"后来我就睡着了。"

有个秀才想买一匹马,骑着进京赶考。来到集市,一个马主迎上前说:"我这匹马是千里驹,一口气能跑千里。"

秀才一听,便对马主说:"京城离此八百里,你的马一口气却跑千里,那二百里路难道让我走回来吗?"

一个富翁的儿子有点傻,于是富翁花大钱请了一位名师教儿子念书。一年过去了,富翁询问儿子的学习情况,名师说道:"七窍通了六窍。"富翁很是高兴,付了学费让名师回家过年。

家里来了客人,富翁总用名师的话来夸儿子,有位来客惊叹道:"一窍不通啊!"

有一人到书店买书,问售货员小姐:"请问有《双城记》这本书吗?"

售货员答道:"请上三楼建筑部。"

专业的幽默情书精选

厨师的情书

亲爱的,无论在煮汤或炒菜的时候我都想念你!你简直像味精那样不可缺少。看见蘑菇,我就想起你的眼睛;看见猪肺我就想起你那红润柔软的脸颊;看见鹅掌我就想起你纤长的手指;看见豆芽菜我就想起你的腰肢。

你犹如我的围裙,我不能没有你。

答应嫁给我吧,我会像侍候熊掌般侍候你。

程序员的情书

亲爱的"对象":

我能抽象出整个世界,但是我不能抽象出你,因为你在我心中是那么的具体,所以我的世界并不完整。

我可以重载甚至覆盖这个世界里的任何一种方法,但是我却不能

重载对你的思念，也许命中注定了，你在我的世界里永远烙上了静态的属性。

而我不慎调用了爱你这个方法，当我义无反顾地把自己作为参数传进这个方法时，我才发现爱上你是一个死循环……

它不停地返回对你的思念，压入我心里的堆栈，在这无尽的黑夜中，我的内存里已经再也装不下别人。

我不停地向系统申请空间，却捕获一个异常：我爱的人不爱我。为了解决这个异常，我愿意虚拟出最后一点内存，把所有我能实现的方法地址压入堆栈，并且在栈尾压入最后一个方法：将字符串"我爱你，你爱我吗？"传递给你。如果返回值为真，我将用尽一生去爱你，否则，我将释放掉所有系统资源。

硫酸给水的情书

亲爱的水：您好！

其实这么长时间以来，我一直深爱着你。每当我遇上你，我就浑身发热。当我见不到你时，我一定会在空气中努力寻找你任何存在的气息。我天生暴躁，这是我+6价的中心硫原子决定的，我无法改变我的脾气，就像我无法表达我对你的爱一样。

水，我可以对门捷列夫发誓，我会爱你一辈子，也可以保护你一辈子。那些金属都不是我的对手，还有硫化氢还有过氧化钠。你不要再在我和硝酸之间犹豫了，虽然我很丑，可是我很温柔。我从来不欺负我的小弟二氧化硫，我像大哥哥对待小弟弟一样对待它，而硝酸呢！你没见过它欺负它的老弟氮化镁吗？

水，我深爱你，就像老鼠爱大米，我刻骨铭心地爱着你，永远。我可以为你付出一切，就算为了你，我变成稀硫酸，那我也不会后

悔。就算我变为稀硫酸,我对你的心也不会变,因为我是不挥发的,这点我比硝酸强。

水,请你不要逃避,你逃到天涯海角,我也会找到你,就算你逃到有机物中,我也会夺取氢氧重新合成你,因为我爱你!

此致敬礼

98%的浓硫酸

制冷专业的情书

亲爱的蒸发器:你好。

我是冷凝器。

虽然说你在室内,我在室外,不论冷风热气,都是你直接带给主人舒适的感觉。对此我从无怨言,我愿意默默地为你做一切事情,酷暑严冬,此生不渝。

护理专业的情书

我对你的爱,就如那"心电监护器",能给你24小时的呵护。你的微笑,就像一剂镇定剂,平复我强烈的心跳。你的话语,像10毫克的"安定",总让我安然入睡。你的眼神,像输入了"复方氨基酸"一样,给了我生命的活力。我们,就像永远伴行的静脉和动脉,一起搏动。

车类的幽默自我评价

♣

无轨电车：我绝对是对妻子最忠贞的，因为我一旦出轨，不光家庭，连工作都会丢的。

♣

吊车：俺的手臂伸得很长，所以才能做人类做不了的事。

♣

月球车：俺个头不大，贵在科技含量高！

♣

洒水车：马路是城市的脸，我就是它最好的护肤品。

♣

老爷车：俺们越老越贵，越贵越招人喜欢。

♣

垃圾车：专要别人不要的玩意儿，帮人排忧解难。

♣

公共汽车：穿梭于城市街头，带人走南闯北，深感什么叫挤，挤公交就是俺发明的。

♣

邮政车：白鸽休息后，一切就看我们了。

♣

助力车：坚持环保，让主人轻松出行，这就是我们存在的价值。

♣

油罐车：俺在车家族中个头很大，还是人们能源的提供者，俺要不断地努力加油。

♣

火车：俺出生至今，因为力气大、装得多、跑得快，而且越来越快，尤其是春节时，我就是人群中的明星。

♣

装甲车：有铁甲防护，使俺能做到刀枪不入，冲锋在前。

苦孩子自嘲的冷幽默

　　我从小就喜欢水。老爸说我遇水则发，将来准是个游泳健将。事实证明，老爸的话还是有些预见性的，我现在是个洗车工。

　　五年前我对我深深爱着的女孩表白。她拍着我的肩膀说："你别幼稚了。"

　　五年后我事业有成，人也比以前成熟了许多，有很多美女都对我投怀送抱。不久前她托闺蜜告诉我，说其实她对我还有感觉。我转告了她一句话："你别幼稚了。"

　　一到复习的时候，就发现别人的脑袋，有的是复读机，有的是录音机，有的是数码摄像机，只有我的脑袋是豆浆机。

妈妈对儿子说:"孩子啊,你该找对象了!"问其原因,妈妈回答:"五年前,我希望你找个温柔贤淑、漂亮可人的对象;三年前,我说你只要找个正儿八经的女孩子就可以;两年前,我想你能找个不缺胳膊不少腿、不傻不呆的女人,不管离没离过婚;一年前,我就要求两点,女的,活的!"

苦孩子的一周终于结束了!大家要打起精神,喜迎周末的加班!

直到现在我才明白,玛雅人说的末日,其实就是咱们国家的冬至。

其实我一直都挺奇怪的,全世界的12月21日时差都不一样啊,难道地球末日那天还有人先死有人后死吗?

今天早上我被一个神秘的电话吵醒,说我有一张"船票"尚未领取!我以为是骗子,迷迷糊糊地就把电话挂了!现在我正在拼命地打回去,但是法院的电话一直没人接。

听说世界末日快到了,我打电话给银行客服:"反正要到世界末

日了，这个月的信用卡欠款我就不还了！哈哈！"

客服妹子很友善地对我说："亲，我行已经在那边开设了分行，不同的是，那边是要加收跨行费的。"

今日，美国太空总署发表声明，确认12月21日下午较后一段时间会变得一片漆黑，预计于傍晚七点左右发生此天文现象，希望届时大家要保持冷静，并务必谨记要留在安全的地方，据称，这种一片漆黑，平时冬天不是世界末日也这样。

人体五官和器官之间的悲剧求婚

心向手求婚，手问："你不怕我爱吃辣？"
心回答："不怕，因为我够狠。"

心向胆求婚，胆爽快地拒绝："拉倒吧，我可不愿跟着你提心吊胆一辈子。"

目向口求婚，口拒绝道："虽然咱们住得很近，可我妈说，你一瞪眼，我就老实了，以后我会被你欺负的。"

鼻向脸求婚，没想到脸强烈反对，理由只有一个：不想让鼻青脸

肿的悲剧发生在自己身上。

头向脸求婚,脸坚决拒绝道:"你喜欢改头换面,对感情不专一,早晚会和我离婚。"

脸向牙求婚,牙惊慌地说:"你一生气就脸绿,我再一露出獠牙,咱俩在一块儿太恐怖了。"

唇向舌求婚,舌一脸不屑:"你会舞枪,我会弄剑,和你在一块儿还不得天天唇枪舌剑地打嘴仗。"

口向舌求婚,舌小心翼翼地回答:"你嘴皮子太厉害了,见到你我就张口结舌,没法沟通。"

生活趣语，开心杂侃

♣

我女朋友说我有妄想症，想和我分手，她要是走了，我还得再想象一个出来。

♣

好朋友不需要太多，两个就够了，一个肯借钱给我，当他向我要债时，另一个能把他打跑。

♣

年年打工年年愁，天天上班像只猴。加班加点儿无报酬，天天挨骂无理由，碰见老板低着头，发了工资摇摇头，到了月尾就发愁，不知何时熬出头！

中年是站在分水岭上，一老一少两条河左右奔流而去，我们一边欣赏风景的壮阔，一边又担心被冲走。

吃不到葡萄的说葡萄酸，吃到葡萄的想留住葡萄，也说葡萄酸……

雪是这样被形容的：江山一笼统，井上黑窟窿，黄狗身上白，白狗身上肿。

吓人的鬼笑话，冷到恐怖

有两个人在河边钓鱼。一个人钓起一只靴子，后来是一把雨伞，再后来钓上一只水壶。他惶恐不安地对另一个人说："我们还是走吧，看样子这下面住了人啊！"

一朋友在殡仪馆守灵，半夜闲着无聊，就用微信搜附近的人，竟搜到一妹子，随即给妹子发了条信息。过了半天收到对方回复：大哥，能给俺烧台ipad4吗？我喜欢白色的！么么哒！

清明节那天，一个人在路上捡到厚厚的一个钱包。大喜，打开一看，竟全是纸钱！仰天道："绝对不能浪费！"于是紧握钱包撞死在路边。

一人独居高层，夜半牛头马面至，告明晚子时勾魂，请自备后事。次日子时过已很久牛头马面才到，人问："怎么才来？"牛头马面喘道："路上车坏了，我俩跑来的。"

阎王命普查人口，发现深山多寿星，问鬼判为何勾魂不均，鬼判支吾道："那边路不好走，去一次挺累的……"

一教授讲课："人死了变成蝴蝶，是浪漫主义。被马面请走，是古典主义。被火化，是现实主义。被冷冻等复活，是超现实主义。还有，大家想不到我已经死了吧……这是荒诞主义。"

老鬼："小鬼，前几天你家里烧来的纸钱呢？"
小鬼："跟大鬼合伙投资了。"
老鬼："赚了没有？"
小鬼："……这个傻瓜，鬼哪怕鬼啊，他非要建游乐园开鬼屋！"

晚上不要讲鬼故事，因为人爱听，鬼也爱听。

冷人爆笑:一不留神就被他们给黑了

侍臣家生了个小孩,国王问:"你家里生了个什么人呀?"
侍臣答:"像我们这样的人家,除了男孩子就是女孩儿呗。"
国人不解地问:"难道显贵和富人能生出别的类型吗?"
侍臣道:"是的,比如纨绔子弟、斯文败类……"

一位妇女来到医生的办公室。妇女对医生说:"医生,我想请问一下,我家孩子就是不想上医院怎么办?"
医生看了看妇女:"这很正常,每个孩子都不喜欢上医院!"
妇女:"可是,我儿子说,是你们医生天天缠着他!"
医生:"这怎么可能?你告诉他,我们不会缠着他的!"
妇女:"哦!太好了!这下我可以安心地告诉我儿子了!顺便说

一下,他是你们院长,你可别缠着他要求涨工资了啊!"

公园的椅子上坐着一位老妇人,一个小孩走了过来问:"婆婆,您的牙怎么样?"
"已经不行了,都掉了。"
于是小孩拿出一包核桃,说:"请你替我拿一拿,我去打球。"
小孩刚走,老妇人戴上假牙,又从口袋里颤巍巍地摸出诺基亚手机:"小屁孩儿还和我耍机灵。"

我大学刚毕业来这家公司面试的时候,老板语重心长地对我说:"我们这里虽然工资不高,但是非常锻炼人,你可以在这里获得快速的成长。"
现在一年过去了,老板没有骗我,我看起来已经像是40岁的人了。

一个穷人来到一位富翁的家里,向富翁讲述自己的贫苦,使这位富翁受到了从来没有过的感动。他对仆人说:"快把这个穷汉赶出去,他让我的手要控制不住地掏钱了!"

有个富翁要死了,妻子伤心地问他在死前还有什么愿望,富翁说希望能吃一盘火腿。妻子说:"那可不行,那是准备葬礼时招待客人用的。"

一吝啬鬼死,其子烧了个纸糊美女陪葬,贪便宜买了纸面不好的。不日吝啬鬼托梦:"吝啬儿子,那女人有皮肤病……"

两个吝啬鬼喝醉了,甲对乙说:"你让我打一拳,我就给你100元。"乙点头同意,挨了甲一拳。乙越想越气,便对甲说:"你要是也挨我一拳,那100元我就不要了。"甲正为自己的"慷慨"后悔,听乙这么说便欣然应允,也被揍了一拳。两人都觉得自己赚了,十分开心地走了。

幽默吃货之间的羡慕

 石榴：真羡慕花生，住的是两居室，还有身漂亮衣服，不像我，一大家子挤集体宿舍。

花生：我羡慕瓜子，一人一间房，我却还要和另一个家伙合租。

瓜子：我羡慕馒头，长得又白又丰满。

 馒头：我羡慕包子，发型时尚不说，肚子里的货还比我多。

包子：我羡慕方便面，曲线毕露，难怪天天有人"泡"。

方便面：我羡慕麻花，那小腰扭得太有女人味儿了。

麻花：我羡慕油条，那小辫子儿比我的粗多了。

油条：我羡慕臭豆腐，都那么臭了，可魅力依旧，惹人喜爱。

臭豆腐：我羡慕芥末，随随便便就让人感动得泪流满面。

芥末：我羡慕土豆，子孙满堂，有薯片、薯条、土豆泥……

薯条：我羡慕西红柿，一看就是混娱乐圈的超级明星，那么红。

西红柿：我羡慕葡萄，我是红，可它已经红得发紫了。

葡萄：我羡慕红枣，甜美可人，那种红才是真材实料的好。

红枣：我羡慕西瓜，长得丰满，外衣鲜亮，最重要的是人家还有一颗红心！

西瓜：我羡慕板栗，有人争着对它进行"炒"作。

板栗：我羡慕桂圆，虽然大部分比我小，但是心灵丰沛，内心比较强大。

桂圆：我羡慕苹果，个头那么大，皮肤那么好，水灵灵的。

苹果：我羡慕香蕉，身材修长，颜色鲜亮。

香蕉：我羡慕香肠，丝袜那么闪亮。

特没正经的雷人夫妻

女:"你那么喜欢我,说说我的优点吧。"
男:"亲爱的,爱一个人是不需要理由的。"
女:"那我有啥缺点?"
男:"懒笨馋凶挫胖圆……"
女:"你去死!"

男:"你愿意嫁给我吗?"
女:"咱们认识这么久了,为什么现在才跟我求婚?"
男:"因为我昨天看报纸,上面说根据数据统计,结婚的男人比单身的要长寿。"

"明天穿工服知道吗?"他打电话给她。
"知道了……"她有些不耐烦,"婆婆妈妈的……"
第二天,她发现单位里没有一个人穿工服,顿时生气了:"你耍我!"
"只是想穿情侣装了……"他指了指自己身上的工服,笑得很灿烂。

我已经有个10岁的儿子了,但我看起来依然年轻漂亮。有天我照镜子自恋地对儿子说:"以后在家叫妈,出去叫姐啊!"
这时老公也来凑热闹:"干脆我也换换称呼吧?"
我:"你?在家叫姐,出去叫妈!"

那天我和老公骑车回家,过马路时,我发现路口的绿灯已经开始闪烁了,就冲着骑在稍微靠前一点的他喊了声:"咱俩还过不过了?!"
谁知他扭脸儿说:"凑合着过吧,还想离咋的?"

老婆:"你说我长得像维纳斯吗?"
老公:"像,简直一模一样,尤其是胳膊。"

清晨,她对他说:"老公,我昨晚把货都搬到车里了,累死了。

剩下的你去处理吧！"

看着熬了一整夜的妻子，他心疼地说："老婆，以后这么辛苦的活儿咱还是少干吧。"说完泪水已经决堤，默默地在购物车栏点下了"全部付款"。

一对夫妇庆祝金婚。丈夫喝了几杯后和妻子说："对不起啊，老婆，这么多年了，我要告诉你一个秘密，其实我是色盲！"

妻子激动地说："我也对不起你呀，这么多年了，我一直瞒着你，其实我是黑人！

 ## 来点校园里的爆笑开心事

室友喝酒喝多了,趴在桌子边吐,吐完了也不起来,一直盯着自己的呕吐物坐了半个多小时,然后幽幽地说:"月亮好圆,像个饼……"

有一同学,家在山东菏泽,离河南商丘很近。他一直想在两省交界处开一个婚介所,叫鲁豫有约。

我同学和我说:"身高一样的话,瘦子比胖子显高。"
我问:"为什么?"
她说:"你把你的大拇指和小拇指拿出来比比就知道了。"

我中午去学校食堂打饭,问卖汤的帅哥还有番茄鸡蛋汤吗。他让我等一下,然后从隔壁卖菜的窗口舀了一勺番茄炒蛋,丢到紫菜汤的锅里搅了搅,盛了一碗给我……

老师问:"同学们,春风杨柳多少条啊?"
学生们纷纷发言,有的说是无数条,有的说千万条。
老师摇摇头:"同学们,错了,春风杨柳万千条。"接着又问,"同学们,你们知道六亿神州怎么尧吗?"
学生们又纷纷发言,有的说是上下摇,有的说是一起摇。
老师又摇摇头说:"错了,同学们,六亿神州尽舜尧。"

一个学电力的学生去实习,并且以这个工作为荣。那天,他爬上电线杆检修电路,看到旁边的院子里一个爸爸在教训儿子:"你再不好好用功读书,长大后,就像外面那个爬电线杆的一样,永远没出息。"

学生问导师,你们给本科生回邮件时总是说"你很有竞争力,欢迎申请,不过我没有决定权",为什么不能给个准话呢?
导师说:"身为一个高级知识分子,我总不能说'呵呵'吧。"

 孩子们个个都是搞笑的活宝

睡觉前,我给儿子讲故事说:"有只小鸡很孝敬老人,它妈妈老了后,它就捉小虫子给妈妈吃。要是我老了,你怎么做呢?"

儿子认真地说:"我捉大虫子给妈妈吃!"

儿子考完试回家一进门,连招呼都不打,低着头要回屋。

爸爸:"今天考试得了多少分?"

儿子:"爸,您今天心情好吗?"

爸爸:"非常好。"

儿子:"那您还是别问了,心情该不好了。"

爸爸:"我没时间跟你磨嘴皮子,快说考了多少分。"

儿子:"您看您都生气了,我更不敢说了。"

爸爸赶紧摆出一副笑脸问:"多少分啊?"

儿子："您也太喜怒无常了，我更不敢说了。"

♣

儿子最近迷上打游戏，一打就是一个多小时。

妈妈："儿子啊，你这样老打游戏对眼睛不好，而且时间长了会沉迷网络的。"

儿子："什么是沉迷网络？"

妈妈："就是整天坐在电脑前上网。"

儿子："哦，就像妈妈逛淘宝网一样啊？"

♣

儿子："爸爸，我们美术老师笨死了，连长颈鹿都不认识！"

爸爸："你怎么知道？"

儿子："今天我上美术课画的长颈鹿，老师看了看我画的说：'你画的是什么东西？'"

♣

爸爸："你又留级了，你准备在小学五年级上几年啊？"

儿子："一辈子，我们老师说，要活到老，学到老。"

♣

妈妈："今天在学校里学了不少东西吧！"

儿子："也没学什么，要不为什么明天还得去呢。"

♣

晚上，妈妈在屋里对在客厅的儿子喊道："儿子，你去厨房看

下，看灯关上了没有。"

儿子去看了看，回来说："妈妈，厨房里太黑了，我把灯打开才看清楚。"

妈妈："不是和你说过吗？你弟弟要什么，你就给他什么。"
哥哥："刚才，他要我给他在院子墙上画一幅画，我就给他画了。"
妈妈："那他为什么还哭呢？"
哥哥："他非要我把那个画放进屋里墙上来。"

3岁的儿子在画画，一边画一边不停地念叨着，画完后乐呵呵地拿给我欣赏。我盯着画看了半天，也没有琢磨出他究竟画的是什么，但为了鼓励孩子，我笑着说："咱宝宝画的是抽象派。"

儿子噘着小嘴说："爸爸真讨厌，说我画的是'丑象'！"

我领着女儿坐出租车，女儿非要玩我手机。下车后，她特骄傲地问我："妈妈，你猜我把你手机藏哪儿了？"

我笑着问："藏哪儿了？"

"我藏车上了！！"

♣

邻居搬家，儿子跑过来对我说："妈妈，我刚才看到邻居阿姨抱着三个平底锅，好像红太狼。"

我笑道:"你是不是想起喜羊羊了?"

儿子说:"哈哈,那叔叔有多不听话呀,要用三个锅打他。"

妈妈给8岁的儿子5块钱让他去买拖鞋。儿子转身就往菜市场跑,买了5块钱鸡蛋送到姥姥家。

姥姥这个高兴啊,一直夸外孙孝顺,立马给了他10块钱。

我给表妹介绍了个对象,刚说完,女儿就问她:"小姨,相亲很好玩吗?"

表妹笑着回答:"不但好玩,还有好吃的呢。"

谁料,这话被女儿记在了心里。

星期天,女儿非要去外边吃麦当劳,被我以"不能吃垃圾食品"拒绝了。

女儿看着我不满地说:"哼,明天我就相亲去,吃好多麦当劳。"

那天去朋友家吃饭,我逗朋友家小孩:"宝贝儿,在幼儿园有女朋友吗?"

他马上拉下脸来说:"少跟我提那个母老虎!"

儿子6岁,调皮摔了跟头,膝盖擦破一点皮。

次日带他洗澡,他死活不去,问他原因,他说:"怕膝盖积水。"

爸爸:"你有一个香蕉,我再给你两个,你一共有几个?"
儿子:"不知道,老师教我们都是用苹果的。"
爸爸:"那好,三元钱一斤的苹果,三斤是多少钱?"
儿子:"你要先讲清楚一斤有多少个苹果。"

♣

盛夏,屋里很热,儿子躺在床上嘟囔道:"蚊帐里太热了,妈妈你开两个洞通通风吧。"

民间笑话,都是玩冷的高手

某人去朋友家做客,中午吃饭时,朋友端上来一盘毛豆,然后去拿花生,回后来发现毛豆吃完了。然后朋友又去拿了啤酒,结果发现花生吃完了。朋友惊讶地问:"你吃那么快,不怕得病吗?"

这个人答:"已经病了,正准备去看医生。"

朋友:"什么病?"

他答:"最近食欲不好。"

一个人很穷,他几乎要把家里的东西都卖光了,这天他拿了家里的瓦罐上街上卖。一人看了看他的罐子,道:"你这瓦罐是漏的。"

那汉道:"怎么可能,我在家一直用它装棉花,从来没漏过的。"

"阿姨，听说你减肥很有心得，还请赐教！"

"哪里，哪里，只不过略有心得。"

"你减肥会反弹吗？"

"还好，反正一年减个十几次呢。"

时间已到中午了，主人对客人装出一副为难的样子说："真是抱歉！寒舍无鱼无肉，不敢款待先生！"

客人明明看见那后院有群鸡鸭在啄食。于是，他向主人借菜刀，说要杀掉自己骑来的马做菜。

主人问他："您如何回去呢？"

客人答道："我会骑鸡，你从后院挑一只给我就行了。"

财主写了个纸条让仆人去酒店取酒，店员一看，就对仆人说："你这个条子有错别字，是'瓶'不是'平'。你拿回去再写张来取酒吧。"

仆人拿回来给财主说，财主拿过来看了看，提笔把'平'的一竖又加了一挑，说："不要三瓶，就要三'乎'（壶）吧。"

有一家办丧事，去帮忙的秀才发现午饭碗里竟然盛的是红米饭，便对主家说："家有丧事，不能吃红米饭。"

主家问他："这是何故？"

秀才道："红色太过喜庆。"

主家道:"难道整天吃白米饭,都是在吊丧吗?"

几个人聊天,一个说,老李这人坏是不坏,就是办事鲁莽,动不动就发火。

这话刚好被路过的老李听到,他一脚把门踢开,揪着说他的那个人就打,嘴里还骂道:"我脾气最好了,你再敢给我胡说八道一个试试?"

一种可怕的传染病出现在城市里,一个吝啬的富翁听说后,就让他的管家去买来一口棺材。他对管家说:"赶紧去买,到时候死很多人,棺材涨价就亏了!"

一年大旱,一个财主挖了一口井向穷人高价卖水,还在水井边贴了两张告示。左边写:敢偷水者,打烂水桶。右边写:承接修桶,每个收费五铜钱。

一个秀才买了块肉,自己不会做,想让饭店给他做了吃。可他又怕饭店偷吃了他的肉,就把肉切成22块,交给饭店厨师。厨师一看特别生气,他把每块肉都切下来一小片,然后炒好给秀才送了过去。秀才数了数,还是22块,但仔细一瞧,才发现每块肉都被做了手脚。于是,他给这家饭店"赠"了一首小诗:出兵二十二,回家十一双。人马都还在,个个受刀伤。

财主想找个人给他孩子当老师，可又怕花钱。有个人告诉他："有一位先生每天只吃'北风'便能活命。"财主非常高兴，决定要请这位先生。但财主老婆却不同意，她说："要是有一天刮起东风来，你拿什么给他吃？"

人心隔肚皮啊，尤其是在冬天。

没心没肺的人，都有一段掏心掏肺的过去。

睡着睡着，就睡出了梦想和口水。

许诺的都是骗子，相信的都是傻子，说到做到的都是疯子。

姑娘，看你眉清目朗，一身浩然正气，可否百年之后葬入我家祖坟，以作镇墓辟邪之用？

孔子说唯女子与小人难养也，我只相信有钱能使鬼推磨。

笑话冷得叫人直打冷战

一女子请道士驱鬼，说道："大师！最近实在是奇怪，我那天上楼梯，那木头楼梯竟然硬生生地粉碎了，后来我又坐到椅子上，椅子竟然也折了！最恐怖的是，晚上睡觉的时候，床竟然也塌了！请大师救救我，我好害怕！"

道士听罢，掏出桃木剑，舞动一通，剑指女子，大喝："你必须马上减肥！"

张三丰："无忌，我这套太极剑法，你记住了多少？"

"一大半。"

"不错！现在还记得多少？"

"已经忘记一大半了。"

"难为你了。现在还记住多少？"

"已经全忘了。"

"很好！很好！这就是太极的真谛。刚刚教错了，现在我再重新教你一遍。"

一位年轻人请禅师吃茶论佛，言语中颇有自得之色。禅师拿过一个装满石子的杯子问："满了吗？"

年轻人答："满了。"

禅师又抓了把沙子放进去问："满了吗？"

年轻人答："满了。"

禅师又倒进去了一杯水问："你懂了吗？"

年轻人说："懂了。"

禅师怒道："懂了还不上菜，光喝茶能饱肚子啊！我都快饿死了！"

有天小李在公交车上，忽然听到身后咔咔摇微信的声音，突然心生邪念，将手机调成静音也摇，一看头像正是那人。于是小李发消息给他：贫道每日一卦。今日算你在9路公交车上，抱一褐色皮包，请尽快下车，否则有血光之灾。

然后那人就下车了……

商人和收藏家、小偷一起去见仁慈的上帝，上帝决定满足他们每个人的要求。

商人："我要钱！美元、英镑……"

收藏家:"我想要世界名画,毕加索的、莫奈的……"
小偷:"把他们两人的住址给我就行了!"

营长:"战壕挖好了吗?"
士兵:"挖好了,长官!"
营长:"挖了多深?"
士兵:"心有多深,战壕就有多深。"

刚下火车的一个旅客向路边的报亭打听道:"老师傅,请问男厕所在哪儿?"
摊主想也没想答道:"女厕所隔壁。"

老师:"小明同学,解释一下什么叫做四舍五入?"
小明:"卖了iPhone 4,再买一台iPhone 5!"

行刑前,狱警对死刑犯说:"来,最后再抽支烟吧!"
犯人:"不抽,这玩意儿抽了我就不想死了。"

一朋友刚买电脑,一个月后突然打电话给我:"我的电脑总提示空间不足,我把电脑搬到了40平方米的客厅还是说空间不足,这电脑到底要放在多大的房间才行啊?"

A："请问您贵姓？"
B："免贵，姓王。"
A："哦。请问贵姓？"
B："姓王。"
A："请问贵姓？"
B："姓王。有毛病吧你，问多少次了？"
A："你这位小李……怎么这么爱发脾气。"

A："暴徒砍你的朋友，你怎么一声不吭就跑了？"
B："我不忍心看他受伤，那场面太残忍了。"

A："你怎么两只手都骨折了，为什么啊？"
B："我老婆让我戒烟。"
A："……"

一个吝啬鬼小心翼翼地把房间里的地砖一块块完整地撬下来，累得满头大汗。

"你要换新的？"邻居问。

"不，不是，我要搬家……"

演员:"导演,这次《隋唐英雄传》我能演个角色吗?"

导演:"宇文成都怎么样?"

演员:"讨厌了啦,语文程度不行就不给人家演吗?"

一天小明一直盯着小红看,小红自恋地甩了一下头发说:"没见过美女吗?"

小明摇摇头说:"不是,我美女看多了,想换个口味而已。"

白菜、萝卜、海带、粉丝、豆腐兴高采烈地去饭店。

人问:"干吗去?"

"去吃涮锅!羊肉请客!"

逗你开心的幽默段子

小李去卫生局找朋友小张打乒乓球。一开始，小李就向小张挑战："咱们打五局！"

小张赶紧摆手说："咱们打三局！"

小李问："为什么，打五局不好？"

小张说："因为我们局长姓伍。"

一烂醉的酒鬼在路边拦的士，半天也没拦着一辆，终于醉得不省人事倒在了路边。一好心人拨打120，当几名医务人员抬着酒鬼正准备上车时，酒鬼突然睁开眼睛，看着车门上的120，说："嚯，这车……真是……明码……实价，一百二十元钱虽然贵点，不过……还

有……人……抬，舒服啊……"

一同学在班上大夸自己爸爸是大英雄，同学们问："为什么啊？"

该同学："因为他同事叫他霍元甲，而且是很瘦的，简称瘦霍元甲！"同学们都很好奇，于是纷纷来到同学他爸工作的地方。

同学们："叔叔，听说你是瘦霍元甲，真的吗？"

他爸："对啊！我就是售货员甲。"

有一天，老师给同学们布置了一个作业，那就是每个同学回去都要写一个老师的长处。第二天上课，每个同学都完成了作业，唯有小明没有完成作业。老师气愤地问道："你为什么没有完成作业呢？"

小明无辜地回道："老师个子那么矮，我真没有发现您长得长的地方。"

很快就到春节了，前两天爸爸让我和老公去爷爷奶奶家看看，顺便告诉他们不用准备年夜饭，过年那天去我家就好了。爷爷奶奶推辞良久，老公无奈道："您就答应了吧，谁知道还有没有明年啊。"

爷爷奶奶顿时不悦，为了缓和气氛，我忙说："你怎么说话呢，本来就没几年，被你一说就剩一个了，还是去吧！"

表哥从外地打工回老家玩，晚上我俩出去逛街，他说自己已经一

周没换袜子了，脚臭得受不了，想去买双袜子换，我陪他走进一家小卖部。

表哥："老板，来双普通点的袜子，多少钱？"

老板："八块。"

表哥："这么贵！我穿一次而已。"

老板："那你还不如穿两个塑料袋。"

我："嗯，不错！还可以做臭豆腐。"

丈夫说："孩子不听活就该打，可你不应该老是拧他的耳朵。"

"那怎么做？"妻子问。

"打屁股，那是块死肉。"

"可屁股听得进去话吗？"

女儿："爸爸，我们为什么要捡饮料瓶啊？"

爸爸："饮料瓶埋在土里几百年都不化，我们这么做很环保的。"

女儿："爸爸，我们为什么要捡废纸啊？"

爸爸："纸张是用树木做成的，我们捡废纸是为了保护地球资源。"

女儿："爸爸我饿了。"

爸爸："好，等我把这些饮料瓶和废纸卖了，就有钱给你买包子了。"

儿子:"你和老妈吵架,把脖子扭伤了,这两天的滋味如何?"
老爸:"唉,别提了!不堪回首啊!"

一个学生正在为进入职业学校进行体检。
"请问,你常常这样结巴吗?"医生问。
"不,不,不经常,只是讲话时才,才,才这样!"

医生对病人说:"我有一个坏消息和一个更坏的消息。"
"哎哟,妈呀!坏消息是什么?"病人问。
医生回答:"你只能活不超过24个小时。"
"太可怕了。"病人说,"还能有什么比这还糟?"
医生说:"我从昨天开始就一直试图联系你。"

小笑话集锦

大街上,一位衣着整洁的推销员叫住一个男人,问道:"先生,你愿意花100美元买这瓶漱口水吗?"

那人骇然说道:"我疯了吗?这也太贵了!"

推销员似乎受到了伤害,然后又问道:"先生,因为你有一点生气,所以我决定以5折优惠的价格卖给你,50美元,怎么样?"

那人一口拒绝道:"你给我走开!"

于是,推销员把手伸进他的公文包里,拿出两块果仁巧克力,把其中的一块放进嘴里大嚼起来。他对那个发怒的家伙说:"先生,对不起我让你生气了,请吃一块巧克力吧。"

那个家伙把巧克力放进嘴里,刚嚼了几下就立刻把它吐在了地上,气急败坏地咆哮道:"这块巧克力的味道就像粪便!"

"本来就是,"推销员回答,"现在,你想买一瓶漱口水吗?"

小明从商场买完东西，发现轿车被偷，于是向警察局报了案。

为发现证据，警察驱车跟小明回停车场搜证。回到停车场，轿车已被归还，车上留有一张纸条是这样写的：对不起，当时我妻子即将临产，我不得已用电线启动了您的车，把她送到医院。这里有一张今晚演唱会的票，就当是我的赔礼吧。

小明开心地去听了演唱会，但当他回到家中时，却发现家中已被洗劫一空。桌上有一张纸条是这样写的：我还得供孩子读完大学，不是吗？

一个蛮横的人匆匆走进肉店，趾高气扬地对营业员喊道："喂！给我切一百元的牛肉，我要喂狗！"说完他转身向正在排队的一个女孩挤眉弄眼地说："喂，你不介意我先买吧！"

那女孩冷冷地回答："当然不会，我要是介意你咬我一口，我再得了狂犬病怎么办？"

有个人来到一家医院，在医生面前，他用手指戳着自己的头，对医生说："医生，我疼！"

医生看了看，用手指戳了戳他的头问："疼吗？"

那人说："不疼。"

医生于是又换了个地方戳了戳，问："疼吗？"

他说："不疼。"

医生想了想说："你手指骨折了。"

一天,牛给驴出了一道难题。

牛问驴:"'蠢'字下面两只虫子哪只是公的,哪只是母的?"

驴绞尽脑汁,还是答不上来。

牛骂道:"真是头蠢驴,男左女右嘛!"

有一天,洗手间的门上贴了张纸条:请将使用过的卫生纸扔进垃圾筐。

第二天,纸条上多了一行字:为了他人,请节约使用卫生纸!

第三天,纸条上又多了一行字:垃圾筐里不是有很多吗?

第四天,纸条上又多了一行字:为了他人,请不要往垃圾筐里小便!

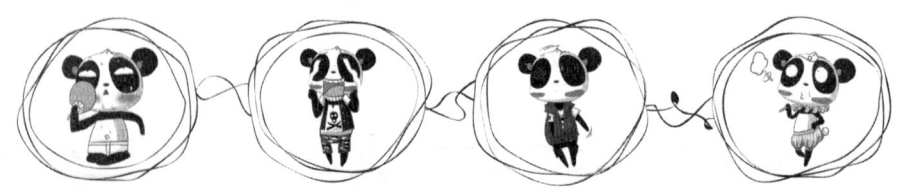

老师对上课迟到的惩罚大典

♣ 语文老师：两天内将《论语》背出来，不愿意背诵古文那就把鲁迅的杂文集背出来，背不出来的抄写N遍。

♣ 数学老师：把自己头发的数量全部数清楚。论证一加一为什么等于二，没有结果的直接剃度送去少林寺出家。

♣ 英文老师：去给自己取1000个英文名，禁止重复，性别不可混淆，否则将重复的名字抄写1000遍！

♣ 物理老师：一只脚站在讲台上，金鸡独立40分钟，同时重复背压

强公式。或者拉车在上坡站一节课,好好理解什么叫重力!

政治老师:啥也别说,把市场规律对当今物价的影响写一篇5000字论文给我,前提就是一定要联系到实际。

历史老师:把我国古代历史大事年表抄100遍,让你知道什么叫历史的沉重!

体育老师:不就是迟到嘛,还怕你下次有耐力再玩上课时间隐身?去做俯卧撑100个,仰卧起坐100个,跳绳300下,再绕着操场跑10圈……

动物学老师:为了让我们广大师生亲眼看见人类进化的过程,所以我们先请这位后来人爬到树上去。爬树是灵长类的本能,要是他爬不上去,同学们只要用铅笔盒或者黑板擦砸他,他就会迅速地蹿上去了。

植物学老师:最后一个进教室的,你来表演一棵桃树,动作再夸张点,枝繁叶茂的那种。好,你就站在这里扮演一节课吧!

音乐老师：你把国歌的五线谱给我写出来，要是写错一个，你就给我唱十遍。

美术老师：这堂课大家可以画素描，那位迟到的同学来做模特，请站到讲台上去。谁能够抓住他嬉皮笑脸进教室的表情，画出来，我就给他满分。

哲学老师：我们应该用唯物主义辩证法的观点来看待迟到，迟到问题的主要矛盾是，我从来没有要求你写100种迟到的理由。限你两天内提交，记住理由一定要坚持唯物主义，任何唯心主义、形而上学的理由一律不通过。

IT老师：你只需要说一句话，if是真话，then你就去门背后站岗，if是假话，then你就去我的办公室写检讨，otherwise你说的是不真不假的，那我允许你每次到下课前最后一秒进教室。

♣

卫生老师：这节课我们学习如何包扎，来，迟到的那个同学，你来扮演伤员，先由第一小组为这位同学包扎双手，然后第二组试试看，脸上的伤口怎么处理，第三组全身包扎，第四组学习一下木乃伊制造过程。

等咱有了孩儿

 等咱有了孩儿，名字起俩，大名叫徐前锋，小名叫徐后卫。

 等咱孩儿长大了，大学上俩，上午在美国进修，下午到英国做实验。

 等咱孩儿毕业了，工作找俩，上半身打NBA，下半身踢世界杯。

 等咱孩儿有了钱，财主有俩，一个是他，一个是他爸。以后再谈论资本，甭说开什么车住什么别墅，只要一提咱孩儿，全歇菜。咱孩儿那年收入，好家伙，一亿美金，八千万欧元，还是税后。到瑞士银

行存他二十年,零存整取的。到时候我到美国取钱,二十年,你算算得多少钱?甭废话!一下给我全取出来,都给我换成人民币,一毛不剩我全带回国。盖他一百个哈佛和剑桥,就那么透着有文化!

等咱孩儿有了孩儿,咱家就有俩孩儿,一个叫儿子,一个叫孙子。孙子不爱上学,没事。咱家就住在哈佛里头,你不用上也能学!

一个小偷的书信

哥们儿（习惯了，你不同意拉倒），你好：

首先，向你道个歉，没经过你同意，就把你家的门给撬开了。不过，我没破坏它的结构，如果不介意的话，从经济角度上讲，你还是可以用原先那把锁的。我用人格保证，我是不偷回头客的，一来，你小门小户的也不容易；二来，从我的战利品来看，你家也不值得我来第二次。

哥们儿，不用瞒我啦，你现在刚结婚，屋里的摆设都告诉我了。真巧，我也是马上要结婚的人，为此，在工作中虽然我很匆忙，也很紧张，但我始终心存善念，没有对此进行大规模的破坏活动。

我非常喜欢你新房的格局设计，还有床头你老婆迷人的艺术照，你可真幸福啊，啥时我也能混成这样，也就不干这行了。不过你也太穷了，我真是有点嫌弃你啊。

你那客厅的小保险柜，我费了不少力气，打开一看，那里居然只

有十封信,还竟然是你多年前写给一个小丫头的情书。一来为了你的隐私不被你老婆发现,二来也防止信封里夹带任何贵重物品啥的,我全拿走了。另外,冰箱里的果汁我喝了一瓶,挺好喝的,啥牌的还真忘了。

南屋,也就是你的卧室,是我重点关照的地方。因为工作匆忙,床罩、被单扔在地板上了,不过,你放心,我是穿着你的新袜子才来回走的,所以没有弄脏那些东西。电视、音响挺好的,就是太重,所以我没有带走,也没破坏,你瞧瞧我多有良心啊!但是你夹在床垫子里的36700块钱我拿走了,下次藏私房钱别挑这么明显的地方。

北屋的抽屉我全翻过了,只找到一只钻戒,可能是你送给你老婆的结婚信物吧,本来不想带走,但兄弟我也实在是结婚需要,没办法。其余的东西,如牙刷呀、钥匙串呀,我都没动。

东屋是你的书柜,那我没动,不过书柜下边的DVD《天下无贼》我拿走了。我也想向同行学学新技术,另外,也给你点教训,别抱着"无贼"这么天真的想法了。

本来我的工作还可以细致一些,可是因为外边不停有人走动,使我无心恋战,所以就草草收场了,本次收获(当然也是你的损失)如下:

现金:36700元。钻戒一枚、DVD一张、果汁一瓶、情书十封,总价款因有情书在内,无法估计。

虽然想多给你写点,安慰一下你无助的心灵,但因有新任务在身,不便多谈。情长纸更短,思伊夜难眠,后会有期(不好意思,抄你情书里的一句做结尾吧)!

恕不留名。

X年X月X日于灯下急就

年轻人生活经典搞笑短句

 我们那儿开始都种西红柿的,后来搞改革都种了菠萝。领导们来视察,说很好很好,这里都成了"波罗的海"了……

 在教室睡觉,在图书馆吃东西,在食堂自习,在寝室读书。

 我一直很想讲一个我同学的笑话给别人听,可每次都是还没讲我就笑翻在地,别人围着看,我于是再也不想讲了。

 锻炼肌肉,防止挨揍。

我还活着，您特不满意吧？

每天辛勤工作，因为聊胜于无。

甘心情愿做一个好"水仙"——灌水的神仙。

我本不是个随便的人，不过我随你的便。

我很丑，又很坏，还不温柔，很多女孩都喜欢这样的，难道胖子就不行？

日日要早起，天天上自习！在梦里。

一个郁闷的人，在郁闷的时间、郁闷的地点，干郁闷的事情！

减肥、工作、背单词，一个都不能少！一个都坚持不下来！

人一生有各种各样的经历，但早恋我是没戏了！因为有一天我忽然发现——自己已经这么老了。

就是喜欢你，不行啊？你是美女就了不起啊。

变态是我的常态，常态是我的变态。

对于我来说，活着本身就已经是老天爷睁一眼闭一眼的事情了。

我送过无数英雄上西天，可是，却很少有人知道我的名字。尘世间最痛苦的事莫过于此，记住我的名字吧！我叫屠夫！

如果猴子是人，那人是什么？

两个女友，对于男人就是红玫瑰与白玫瑰；三个女友，对于男人就是星星月亮和太阳；一群女友，对于男人就只是一个菜市场。

女生理完发和男生理完发的区别

女生做完头发

甲：呀，你理发了！

乙：是呀，今天我男朋友来。

甲：真漂亮！

乙：有吗？我还觉得剪坏了。

甲：相当不错的，你看你留这种头发就很好看的，我就不行了。

乙：不是呀，你可以试试的。

甲：我不行，我的脸太圆。

乙：那你可以试试XX牌瘦脸霜啊，挺好使的。

甲：那个牌子的小丽用过了，没什么效果的。

乙：小丽的脸型多漂亮呀！还用瘦脸霜干什么呀！

甲：就是呀，我觉得她长得多漂亮呀！特别像XXX。

乙：哦，对了。听说XXX拍了一部新电影，你看了吗？

甲：我也听说了，你看了吗？

乙：没有，不过男朋友一会儿就带我去看。

甲：你看看，你男朋友对你多好。我男朋友能有他一半就好了。

乙：你男朋友也不错的，长得像XXX。

甲：是有点，我可喜欢他演的XXX了！

甲：就是了，他那双眼睛特别迷人。

乙：嗯，发型也很好的。我做头发的时候看有个人也做的那个发型。

甲：是吗？你在哪里做的？那个发型很难的，我让我男朋友也做一个！

乙：我在XX发屋做的。

甲：哦，就是XXX边上那一家吧！

乙：是呀。那里有个男生可帅了！

甲：我也注意他好久了。

乙：呀，我男朋友已经到了半天了，我下去接他了。

甲：好吧，再见。

乙：回见。

男生做完头发

甲：呀，剃头了？

乙：呵呵，剃了。

甲：真够傻的！

乙：滚！

大学校园里经典又可爱的搭讪

我学妹看中一个我们学校的帅哥,于是走上前和人家搭讪:"帅哥,你有女朋友了吗?"
"有了。"
"那你想换女朋友吗?"
"不想。"
"好吧,那你介意多一个吗?"
两个月后,我学妹顺利上位。

大学时,我去自习,有个陌生的女生叫住我,我问他有什么事,她说:"没事,你好高啊,我就是想看看你好不好看。"
我无语了,一会儿,她又走过来说:"你觉得我白吗?"
"白。"我说。

她说:"大家都说我白。"

我再次无语了。

看见前面一漂亮MM,不知道怎么搭讪好,于是我拣起一块砖头,上前道:"同学,这是你掉的吧?"

我有一个朋友,有次上晚自习时欲和一MM搭讪,他上去问:"同学,请问现在几点?"

那MM一看表:"八点半。"

那厮一脸惊讶地说:"啊,我的表也是八点半,你说我们是不是很有缘!"

成年人必看的五个故事

♣

情况不同

一只小猪、一只绵羊和一只母鸡,被关在同一个畜栏里。有一次,牧人捉住小猪,它大声号叫,猛烈地反抗。绵羊和母鸡讨厌它的号叫,便说:"他常常捉我们,我们并不大呼小叫。"

小猪听了回答道:"捉你们和捉我完全是两回事,他捉你们,只是要你们的毛和鸡蛋,但是捉住我,却是要我的命呢!"

立场不同、所处环境不同的人,很难了解他人的感受。因此对别人的失意、挫折、伤痛,我们应给予更多的关怀和宽容。

♣

靠自己

小蜗牛问妈妈:"为什么我们从生下来,就要背负这个又硬又重的壳呢?"

妈妈说："因为我们的身体没有骨骼的支撑，所以要这个壳的保护！"

小蜗牛："毛毛虫姐姐没有骨头，也爬不快，为什么她却不用背这个又硬又重的壳呢？"

妈妈："毛毛虫姐姐长大后能变成蝴蝶，天空会保护她啊。"

小蜗牛："那蚯蚓弟弟呢？"

妈妈："蚯蚓弟弟会钻土，大地会保护他啊。"

小蜗牛哭了起来："我们好可怜，谁也不保护我们。"

蜗牛妈妈安慰他："所以我们有壳啊！我们不靠天，也不靠地，我们靠自己。"

鲨鱼与鱼

曾有人做过实验，将一只凶猛的鲨鱼和一群热带鱼放在同一个池子里，然后用强化玻璃隔开，最初，鲨鱼每天不断冲撞那块看不到的玻璃想吃掉它们，可是根本不可能。而实验人员每天都有放一些鲫鱼在池子里，所以鲨鱼也不会挨饿，但是每天仍是不断地冲撞那块玻璃，它试了每个角落，每次都是用尽全力，弄得浑身伤痕累累。一旦玻璃一出现裂痕，实验人员马上加上一块更厚的玻璃。后来，鲨鱼不再冲撞那块玻璃了，对那些斑斓的热带鱼也不再在意，只等着每天固定会出现的鲫鱼，用他敏捷的本能进行狩猎。实验到了最后的阶段，实验人员将玻璃取走，鲨鱼却没有反应，每天仍是在固定的区域游着，它不但对那些热带鱼视若无睹，甚至于当那些鲫鱼逃到那边去，他就立刻放弃追逐，说什么也不愿再过去。

神迹

在西班牙一个偏僻的小镇,据传有一个特别灵验的水泉,可以医治百病。有一天,一个断腿的退伍军人拄着拐杖,一跛一跛地走过镇上的马路。旁边的镇民带着同情的回吻说:"可怜的家伙,难道他要向上帝祈求再有一条腿吗?"

这一句话被退伍的军人听到了,他转过身对他们说:"不,我只是想让上帝看看我,缺少了一条腿后,我也知道如何过日子。"

学习为所获得的感恩,也接纳失去的事实,不管人生的得与失,让自己的生命充满亮丽与光彩。不再为过去掉泪,努力活出自己的生命。

钓竿

有个老人在河边钓鱼,一个小孩走过去看他钓鱼,老人技巧纯熟,所以没多久就钓上了满篓的鱼。老人见小孩很可爱,要把整篓的鱼送给他,小孩摇摇头。老人惊讶地问道:"你为何不要?"

小孩回答:"我想要你手中的钓竿。这篓鱼没多久就吃完了,要是我有钓竿,我就可以自己钓,一辈子也吃不完。"

这个小孩错了,他如果得到了钓竿,那他一条鱼也吃不到。因为,他根本不懂钓鱼的技巧。有太多人认为自己拥有了人生路上的钓竿,一辈子就会衣食无忧,如此,难免会跌倒于泥泞的道路上。

KTV里麦霸的几种类型

 新闻联播型：只要音乐响起，这些歌手便会手持麦克，情绪饱满地按着大屏幕打出的歌词，像正经八百的播音员一样，字正腔圆地念起来。虽然大家都会捧场，但歌手似乎并不满足，不停地以自荐的形式返着场。往往那头音乐未起，这头已经一嗓子喊了出来："既然大家这么喜欢，我再给大家来一首！"

动物世界型：一般这类歌手唱功还行，只不过他们唱歌的动作和表情实在有些另类，虎步、鹰飞、蛙鸣、鸭叫、兔跳、猩猩挠全能给你用上，看这些歌手唱歌，简直就是在欣赏一个动物世界的浓缩精华版。

 同一首歌型：有些人唱功一般，只有一首歌他们能唱好，这一首

歌能让她（他）感慨良多。所以，经常在一起K歌的人，只要听到熟悉的旋律响起，不用睁眼瞧都会知道，这是某某歌手要登台演唱啦！

世界各地型：部分歌手在大展歌喉的同时，总会情不自禁地展现着自己精湛的语言天赋，英文、日文、俄文、韩文，至于说唱点藏语、蒙语、闽南语、粤语版的地方歌曲更是不在话下。不过就算他们唱错了，听众也不在乎，一个娱乐的事，谁跟你较那真儿呀？

地方戏之窗：一方水土一方人，有可能是因为思乡心切，一不小心，这些歌手就唱出本土气息来了。于是，类似东北二人转版、河北梆子版的流行歌曲也就会被一些有志之士演绎出来了。

挑战主持人型：大凡K歌，总会有个主题，孩子满月，光棍初婚，离了再娶，官升三级，意外横财，金榜题名，总之都是好事，于是主持型的歌手就来了，不管唱功怎么样，场面话说得特别漂亮！"首先，我要把这首歌献给XXX（埋单的人）；其次，我要把这首歌献给XXX（官大的人）；再次，我要把这首歌献给XXX（年长的人）；再再次，我要把这首歌献给XXX（年轻未婚，貌美如花的人）；再再……再次，我要……"天啊！你说听他唱首歌，你累不？

为您服务型：每个包厢里总会有一些热心的朋友，在歌手们跌宕起伏的曼妙歌声中，在立体声音箱如泣如诉的旋律中，他们击节而出，或奉上香花一束，或翩翩伴舞其间，那感觉，总会让歌者过目不忘，总之就是不唱歌。

男人与女人的一些区别

 女人在任何一场争吵当中都会说最后一句话，男人的下一句话就会酝酿一场新的战争。

 一个成功的男人能够承担得起老婆所有的花费，一个成功的女人能够成功找到这样一个男人。

 一个女人嫁给一个男人，是希望这个男人有所改变，但她并不改变；一个男人娶一个女人是指望她不会改变，但她一定会改变。

 一个男人如果特别想要一个一元钱的东西，他会付出两元钱；一

个女人会为她不想要的两元钱的东西，付出一元钱。

一个女人会为未来担心，直到找到一个丈夫为止。一个男人从来不担心自己的未来，直到找到妻子为止。

一个女人无论出门做什么，之前都会打扮一下，一个男人只有在参加婚礼或葬礼的时候才会打扮。

两个倒霉鬼在酒吧喝酒聊手机

两个倒霉鬼在酒吧边喝酒边聊天。不知怎么聊来聊去，讲到了自己的死因。

高个子鬼说："唉，我是被手机害死的。我生前是个杀人犯，犯案后逃跑了，在逃跑路上，我又杀了一个人，没什么钱，我就拿了他的手机，打算换点钱。"

"后来呢？"矮个子鬼问道。

"警察追上来了，我就拼命藏，我太厉害了，他怎么都抓不到我。"说到得意处，高个子鬼大笑起来，"但我唯一失策的是，我明明把手机关了，可是我万万没有想到机主设了闹钟！还是连响带震动的……"

"哈哈哈哈"矮个子鬼狂笑。高个子鬼有些恼羞成怒，鼓着眼睛

瞪着他。矮个子鬼连忙说："哥们儿别生气，其实我也是被手机害死的。"

"是吗？怎么回事？"

"我是个公司职员，为了能成为有钱人，我追求了公司总裁的女儿。那天早上，富家女送我去上班，谁知道我老婆打电话来，问我在哪儿。我说在公交车上，一着急，就把身子伸出了窗外，这样周围会吵一点……"

"后来呢？"

"后来后面开来了一辆货车……"

男人和女人的搞笑情侣昵称

一毛不拔的男人，叫他铁公鸡。他的女友，就是饲养员。

....

趁火打劫的男人，叫他土匪。他的女友，就是土匪头子。

....

脸上沟壑分明的男人，叫他作战地图。他的女友，就是军师。

....

长相惨不忍睹的男人，叫他车祸现场。他的女友，就是急救员。

....

脸皮太厚的男人，叫他太后。他的女友，就是太上皇。

....

娘娘腔的男人，叫他东方不败。他的女友，就是笑傲江湖。

在网上惹人厌的男人，叫他青蛙，他的女友，就是恐龙。

不分好歹就掏钱的男人，叫他甲鱼。他的女友，就是马家军。

随叫随到的男人，叫他外卖。他的女友，就是大厨。

爱管闲事的男人，叫他莫须有。他的女友，就是精忠报国。

脾气火暴的男人，叫他霹雳雷火弹。他的女友，就是灭火器。

弱不禁风的男人，叫他甘蔗。他的女友，就是护身符。

爱打小报告的男人，叫他逐屁之夫。他的女友，就是马鞍。

脚踏几条船的男人,叫他挪威的森林。他的女友,就是红楼梦。

见钱眼开的男人,叫他猫眼。他的女友,就是葛朗台。

死气沉沉的男人,叫他敦煌石窟。他的女友,就叫她古墓丽影。

当了老师才知道老师和学生的区别

♣

以前课间去厕所总碰不到老师，现在才明白老师都在上课时去厕所。

♣

以前上课做小动作总以为很容易就瞒天过海，现在站在讲台上，才发现下面一览无余。

♣

现在学生任何科目都抄作业，还敢跟"原件"放在一起交。我当年就策略多了，绝对不抄重样的。

♣

老师换新衣，尤其是女老师换颜色比较鲜艳的新衣，学生都会起哄。不同的是以前自己是起哄者,现在是起哄的对象。

以前误认新老师是邻班或高年级的同学,现在则被学生误认为邻班或者高年级的同学,才感觉岁月没有流逝得太快。

以前当学生时盼放假,现在当老师了……当然也是!

下雨时,学生会把书抱在怀里,老师会把书顶在头上。

让你开心一下好吗?

老李坐在家门口乘凉,看着高速公路从村里的田里穿过,气势壮观。

一会儿他看见开过来一辆车,在路边停下,下来一个人,在路边挖了一个坑,另一个人又迅速地把坑填上了。车子向前走了一段距离,那个人又下来挖了个坑,然后又是另一个人把坑填上。

就这样,车子每走一段,就重复一次这样的动作……这让老李十分迷惑,他忍不住跑过去问道:"你们在做什么?"

两个工人回答道:"我们三个在进行一项绿化高速公路的计划,今天负责栽树的那人病了,但工作还要继续啊!"

某君住院,第一天为他检查的是眼科医生,第二天是喉科医生,第三天是心血管科医生,第四天是神经科医生。第五天进病房的是一

个带着铁桶、布片和刷子的人。这位病人惶惶不安地问:"今天还要检查什么?"

这人愣了一下,笑着说:"不,我是来擦玻璃的。"

有个人用5只手指头轮流挖鼻孔,他朋友问他为什么这么做,他说,每只手指头挖起来各有不同的感觉。

"有谁知道中国古代最伟大的工程是什么?"历史老师即兴提了一个问题。

同学们七嘴八舌议论起来。有的说是万里长城,有的说是秦始皇陵的兵马俑,有的说是圆明园……答案五花八门。突然,张老师发现小明同学又在睡懒觉了,于是便故意提高嗓门喊了一声"请小明同学回答"。

小明被同桌推醒,慌忙地站了起来,左思右想,突然间来了灵感,回答道:"愚公移山!"

孔子曾经说过"三人行必有我师",意思是有三个人在一起走路,我突然发现有一个人特眼熟,仔细一看,原来是我的老师。

孔子说过"知之为知之,不知为不知,是知也"这句话,我今天总算明白了,它应该这样理解:你知道就是知道,你不知道就是不知道,所以这些你都知道。

相对于孔子,老子似乎更加伟大,因为他曾说过"一生二,二生三,三生无穷",看来,老子在几千前年就预测到中国人口的膨胀

了。

大学生总喜欢新鲜刺激的事物。譬如打牌，输的要喊"我是猪"或是抱着印有小广告的电线杆子喊"我的病有救了"。你看人家X大学生多有创意——宿舍打牌，谁输了谁要在半夜十二点独自上后山抄十个墓碑的碑文回来！

最要命的是第二天早上，大家要一起上山找墓碑校对！结果一学期下来，英文单词没背几个，大家文学和书法水平得到大幅度提高，好多人竟然还学会了用小篆做签名档……

大学时寝室一兄弟特别规律，每天沉浸在学习中。一天，同寝室的几个弟兄说晚上去看电影，他一脸无奈地拒绝说："不行啊，我已经计划好去学习了。"

后来禁不住我们的盛情相邀，决定抛硬币决定是去学习还是和我们去看电影，正面为学习，反面就去看电影，结果连续抛了17次都是正面！最后该兄弟一气之下把硬币扔到床上，说："靠，老天都不让我学习了，咱去看电影！"

我找到工作，而老公尚在读书。他担心地问我："你赚钱比我多了以后会不会打骂我？"

我一脸"慈祥"地说："你想想，打骂你这件事和我赚钱多少有关系吗？"

老公释然："……那你还是赚钱比我多吧。"

男孩红着脸,结结巴巴地说:"我爱上你了,做我女朋友吧!"

女孩笑笑,问:"好吧,你要听三个字的汉语还是八个字母的英文?"

男孩略一心算,马上笑容满面:"英文吧!"

女孩红唇轻吐:"I am sorry!"

某人到商店买点钞机,挑了两台最贵的,同时询问价格贵的原因,老板告诉他因为这是全智能语音型的。

付款时他让老板就用这两台点钞机点钞,两台机器都报出了准确的数字。他认为语音功能还不错,但不知道智能在哪里。老板说你以后用就知道了,于是他付完款后把点钞机放到车后座,开车回公司。

在路上,他突然听到一台点钞机对另一台说话了:"哥们儿,我们怎么被别人卖了还帮别人数钱啊……"

教授正在家忙着赶写一篇学术报告。

"亲爱的,"他对妻子说,"我的烟在哪儿?"

"不正夹在你的耳朵上吗?"妻子回答。

"我忙得要死了,你就不能说得具体一点,烟究竟夹在哪只耳朵上了?"教授有些生气了。

甲："听说你跟你老婆离婚了，是不是？"
乙："是的，我想不到她这么心狠！"
甲："可我听说离婚是你提出来的，是不是？"
乙："是呀！我没想到她立即就同意了！"

女朋友为他的男友做了条裤子，很好看，谁见谁夸。过了几天却不见他穿了，问他为什么，他说："我女友用剩下的布头，顺手又给她家的小狗做了一件外衣。我俩遛狗的时候，总有人说我和它穿情侣衫。"

我小时候总是从哥哥的小猪扑满里拿钱花，哥哥为此很不高兴。有一天，我在冰箱里发现了扑满，只见扑满里有张纸条写道：亲爱的妹妹，我希望你能够理解，我的资产现在已被冻结了。

某网站上登载了一则征购住宅启事，全文如下：本人急需一套住宅，希望使用面积比较宽敞，使我的妻子住进去后不会总想回娘家。但它又不能太大，不致使我的丈母娘产生要同我们住在一起的想法。

读《西游记》常见问题妙答

有一道关于《西游记》的题目：很多妖怪一抓到唐僧就打算一起吃，那说明吃一两块唐僧肉也有长生不老的功效吧？那唐僧为什么不随便舍弃两块肉让妖怪吃算了，这一路不就平安了吗？

从这个问题出发，网友又列举了一堆关于《西游记》的问题：

1、为什么猴子被五指山压住，他不变小出来？
答：孙悟空的老师菩提祖师是道家的神仙。施法压住孙悟空的如来是佛家神仙，可他用五根手指化做五行山压住孙悟空，又贴上六字箴言，属于道家加佛家杠上开花的禁制。这已经超出了孙悟空的功力范畴，他肯定逃不出来了。

2、为什么他大闹天宫时无敌，而取经时次次搬救兵？
答：孙悟空之前是一个自由职业者，后来被观音收为了一名职

员。工作中，我们讲究团队配合，单打独斗那才是怪事。再者，作为一名小职员，要时时小心，处处谨慎，得罪了领导，估计就不止这九九八十一难了。

3、玉皇大帝和王母娘娘是母子还是夫妻？

答：完全没有关系，这两人活在大家营造出的八卦里太久了，必须要澄清一下。西王母在中国历史中出现得远比玉皇大帝早，玉皇大帝是后来道士们捧上去的天界一哥，把王母娘娘变成一个开瑶池Party的女主人。这两人勉强是同事关系，但是，王母娘娘的资格要更老一些，所以玉帝要参加她的蟠桃大会，为她祝寿。

4、为什么唐僧每次都不相信悟空的话，非要说别人不是妖精？

答：观世音把孙悟空交给他时交代过，这个人有历史问题，不能轻易信任，唐僧忠实地执行了这一命令。他清楚地知道，自己作为孙悟空的直接上级，冤枉孙悟空一万次都没有关系，大不了你辞职走人嘛。但是，唐僧绝对不敢得罪自己的直属领导观世音。

5、猴哥以前在东海为所欲为，后来为啥总说自己水性不好？

答：孙悟空已经是个小职员了，在长期的职场生涯中明白了一个道理：工作，一定要在领导面前做，所以他要叫猪八戒他们去诱敌出水，然后在陆地和空中表演给唐僧看。

6、到底是谁先传出吃唐僧肉可以长生不老的？

答：九九八十一难既然是用来考验唐僧的，说明就是设计好的局。那么，谁设计的局，想一想不就明白了吗……

7、为什么孙猴子的火眼金睛看不出牛魔王变的猪八戒?

答:牛魔王和孙悟空曾经是拜把兄弟。朋友都是旗鼓相当的,孙悟空那么心高气傲的人,怎么可能会让一个不如自己的人做大哥?

8、在最后拿经的时候那俩看经书的问猴子他们要好处,和尚给了他们那个紫金钵,很心疼的样子……猴子不是会变那么多东西,为什么不变个给他们?

答:猴子变出来的那些东西全都是一根猴毛,如来当年能压住孙悟空五百年,怎么会不知道他的小把戏?

妙语连珠，搞笑短信

用XX手机照相：变焦基本靠走，对焦基本靠扭，遮光基本靠手，测光基本靠瞅，防抖基本靠肘！

最现实的爱：我想有个家。最本能的爱：老鼠爱大米。最贪婪的爱：爱你一万年。最没自信的爱：明天是否依然爱我。最折磨人的爱：你到底爱谁。

近日高温不退，每天热得人遭罪，注意珍爱自己，工作不要太累，白天多吃水果，晚上心静去睡，大家都是朋友，上述提醒免费。

粮食涨价的根本原因,大概是世界上吃货太多,供不应求了。

心脏是一间两个卧室的房屋,一间住着痛苦,一间住着快乐。人不能笑得太大声,否则就会吵醒隔壁的痛苦,这就是乐极生悲的道理。

生活,是用来经营的,而不是用来算计的;感情,是用来联络的,而不是用来考验的;爱人,是用来疼爱的,而不是用来伤害的;金钱,是用来享受的,而不是用来衡量的;谎言,是用来击破的,而不是用来粉饰的;信任,是用来沉淀的,而不是用来破坏的。

友谊别像投名状,爱情别唱云水谣,事业别走无间道,财富劲吹集结号,身体健康须色戒,青春常驻吃苹果,功夫熊猫送祝福,人生快乐一个也不能少。

能发言的不一定是领导,还有发烧的患者;有眼影的不一定是美女,还有熊猫;个子矮的不一定是武大郎,还有懦夫;留大胡子的不一定是李逵,还有拉登。

那些喷饭的爆笑口误

刚才一同事看报纸问了句:"昨天中国队一比几赢的?"中国都一了,新加坡怎么也出不来负数吧?

有个解说员:"冲出亚洲、冲出世界!"

有一次,我和老公吵架,他骂我:"猪!"我骂他:"你是猪的老公……"骂完真觉得自己是猪。

在冬天,我家里经常把大葱栽进花盆里以保持它的新鲜。
我妹妹过年回家看到了,欣喜地对我妈说:"哎!妈,这粗真

葱……"

我和我妈当场笑倒。

我们一个同事,他考驾照时,对考官说了一句经典的话:"报告仪表,考官正常……"

有一次,和一姐们儿去KFC,排队的时候我听她口中念念有词:"一个鸡腿汉堡,一对鸡翅……"好不容易轮到她了,一开口就笑翻了所有人。她本想说"小姐,来个鸡腿汉堡",可话到口中竟成了"小腿,来个汉堡"!

平常工作很忙,情人节那天,下班也比较晚,急匆匆地去买花,老婆在家做饭等我。她打来电话,问我什么时候回家,我骗老婆说还要很久,听到她不是很高兴地挂了电话,我心说,给你个惊喜……买了花,又匆忙去买巧克力,又匆忙去打车,终于打到车,到家,上楼,悄悄开门,看到老婆在厨房,心里一阵温暖,一下蹦过去,举起花,有些颤抖且深情地对老婆说:"圣诞快乐!!!"

有次我去买羊肉串,伸出四根手指对老板说:"来三根羊肉串。"老板蒙了:"几根?"我又伸出三根手指说:"四根。"老板彻底晕了……

我有一个好同学黑了些,她男朋友又太白了些。一天宿舍里的毒舌天后突然对她冒出一句:"你们这样不行,你们会生出斑马来的……"

毒舌天后,某天见到本系毕业的一位30岁出头潇洒依旧的师兄,该师兄目前最在意的就是抓住青春的尾巴。毒舌天后这回倒是诚心诚意地想夸人,谁知一开口又是:"好年轻的中年人啊!"

我一同学初次问诊,一时紧张本来想问病人高寿与贵姓,结果说成了:"大爷,您……高姓?"全屋病人昏绝!

高中时班上有个同学叫黄家健。某天上课他没有到。老师进教室后见他的座位空着,就问了一句:"咦?黄家健人呢?"全班大笑。

一天,在米线店吃饭,饭上得很慢,饥肠辘辘,终于按捺不住拍桌咆哮,本来是想说再不上米线我就把桌子掀了!结果说成:"老板!再不上米线我就把桌子吃了!!!"
全店人沉默三秒后爆笑到桌子下面……丢人……

我去蛋糕店差不多每次都要买老婆饼吃,结果那天我看到新出了

一种稍微小一号的饼，样子基本一致，可是我不确定，于是向售货员发问："这个是小老婆饼吗？"结果全场白眼。

播音稿原文："两歹徒打伤我110干警后逃窜。"播音员读成："两歹徒打伤我一百一十名干警后逃窜。"

我有个同事去外地出差，当地经销商请吃饭。席间欲要小便，经销商说："对面就有洗手间，你去的话和看门的人说是在对面吃饭的就可以免费。"我们同事为了节约两毛钱，箭步直走，理直气壮地对看厕所的人说："我是来吃饭的！"

一次我买凉皮回宿舍后，去别的宿舍串了个门，回来发现舍友在吃我的凉皮。她们见我回来，其中一人对我说："你怎么才回来？凉皮都凉了！"

我们学校食堂的米饭有软硬两种。有天在食堂，我前面的一男生经过认真思考之后说了一句话："还是吃软饭算了……"

几个朋友聚餐，去市场买菜。一个韩国朋友买了生菜，要两块四。他把身上所有的零钱都给小贩了，还缺一毛钱，于是他对小贩说："我的毛，都给你了，所以没有毛了。"

小贩哑然，半天，回答："你的毛我不要了。"

高中时打篮球，A得球后，无私地传给了B，B轻松进球得分。过了一会儿，B得球，A大声喊着把球传给他，B却自己把球投出。结果A大怒喊道："刚才真是瞎了我的狗眼……"
全场笑晕。

有一次帮老板订酒店，想问问人家有没有什么免费上网之类的服务，却怎么也想不出来怎么说好，于是就问对方："请问，你们这里有什么特殊服务吗？"对方："什么？特殊服务？我们是正规酒店！"

一次开会时，经理对抽烟的人说："抽烟的都掐死！"

没有金箍棒就别揽瓷器活儿。

高二时，我们的语文老师是一个刚从南昌调到北京的老教师，他的口音特重。他的儿子考上了清华建筑系，这也是他来北京的目的，他特为他儿子骄傲，总和我们说起他儿子，每次都这么说："偶（我）蛾（儿）子是青蛙（清华）大学蟾蜍（建筑）系的。"……蛾子如果到了青蛙和蟾蜍那里，不就成点心了吗？

宿舍哥儿几个看《越狱》，看到一人从嘴里拿出刀片杀人的镜头，老大突然蹦出一句："快看，把嘴藏在刀片里还能说话，服了……"

一次等公共汽车的时候，开过去一辆宝马，旁边一位高人对他身边的人说："看，刚过去那辆就是IBM。"

我一朋友在联通实习。一天，一人走进来，劈头盖脸就来句："给我办张移动卡，好吧？"然后我那朋友头也不抬地就来句："师傅，有人来砸场子！"

同事去见客户，可能是紧张，一开口便是："刘先生你好，请问你贵姓啊？"汗啊！

工会主席正慷慨激昂地演说，最后一句想要将演说推向高潮："同志们，让我们今年的工作做得比明年更好！"全场皆倒。

以前地理老师是个男的，特别暴力，谁一说话或走神上来就是一拳，但不打女生。有个新转来的女生不知道，还以为男女平等。有一

次她上课偷着看漫画,被地理老师发现了。地理老师走到她面前来,还没任何表示,这女同学先吓得小脸煞白,高呼:"非礼啊!"我们地理老师瀑布汗!

我同学说:"我搁的洗衣粉太多了。"另外一个问:"什么?你哥的媳妇儿太多了?"

去电影院看《加勒比海盗3》,开场前有《变形金刚》的预告片,看见狂派首领的时候怎么也想不起来叫"威震天"了,也想不起来他的团队叫"霸天虎"。因为太激动了,就惊呼了一小下:"真帅,是南霸天!"要命的是那时候突然特安静没有任何电影音效,N多人盯着我爆笑……丢死人了!

一日风大,自行车倒了一排,只听一同学边扶车边说:"谁的奔驰压了我的宝马?"

一起买锅盔吃,某同学上前:"老板,来两个钢盔!"
(牙好,胃口就好,吃嘛嘛香……)

我以前打电话到男朋友他们宿舍,结果不是他接的,有点不好意思,就胡编了一个名字,说:"××在吗?"想假装找错人就完了。

对方迟疑了一下,说:"你等等啊,我给你叫去!"我当时就晕菜了,赶紧把电话挂了!后来问男朋友,他说他们对面宿舍一男生叫我编的那名字。

老师留的作业,我不会做就抄别人的,然后去办公室交作业,看见老师说:"我抄完了!"

上次在国外,在街边看见一个卖糕点的帅哥,我和朋友一边买一边说他像猫王,他听见我们在说他,就问我们说什么,我想了半天:"King of miao miao(喵喵)。"

宿舍女友与网友通上话了,那头显然很兴奋:"喂,我是王小亮,你猜我是谁?"晕倒不起……

一日,班长通知星期六有考试,完了我同桌猛摇我手臂:"快,告诉我,星期六是礼拜几?"

老虎不发猫,你当我是病危呀!

我们宿舍一个人喝多了要去厕所,然后带出一句冷话:"尿喝多了，酒就特别多。"

和我姐姐去李宁专卖店买鞋，我姐一开口："小姐，这鞋多少钱一斤？"

在实习的时候，一位同学对老师说："陈老师你是不是姓陈？"

我同事跟人争执，急了张口来了句："你以为我吃饭长大的啊？"
此后，我一直纳闷他到底吃什么长大的。

上计算机课，一位同学机子有问题，于是大喊："老板，换机子！"
全班木然。

世间百态,幽默生活

某超市一营业员大声叫卖:"好消息,好消息,买一赠一。新进的苹果,买一箱赠一把水果刀。"

小华正巧放学路过,感到很高兴。她对营业员说:"你们想得真周到。"

营业员说:"是,这批苹果烂的地方比较多。"

同事前天到手的iPad在公司玩了不到一天,那个开心炫耀劲儿。结果回家悲剧了,被体重超过85公斤的丈母娘当成电子体重计,放地上把屏幕踩碎了……

老夫妇去拍照,摄影师问:"大爷,您是要侧光、逆光,还是全光?"

大爷腼腆地说："我是无所谓,能不能给你大妈留条裤衩?"

小林在车站等公交车,有一个姑娘一直盯着他微笑,小林知道自己长得挺帅,吸引了姑娘的眼球,于是就原地踱了几圈。这么一来,对面那个姑娘笑得越发灿烂了,小林见了就更加起劲地在原地踱起步子来。

一旁的一位大妈对小林说:"小青年,别在狗屎上踩来踩去好吗?"

老婆:"鱼香肉丝味道怎样?"老公:"一般吧。"老婆:"烧茄子呢?"老公:"还行。"老婆:"那麻婆豆腐呢?"老公:"凑合吧。"老婆:"让你说个好字你能死啊?"老公:"米饭好硬!"

我认识一修鞋的,他常在东城出没,所以很多年后他有了个绰号"东鞋"。后来,东鞋吸毒了……

昨天科长接到一个自称是他广东同学的电话。

(老套路)"你猜我是谁呀……对,我在河北呢,明天办完事去看看你。"

今早科长又接到那人的电话:"昨晚我找小姐出事了,你在河北有关系吗?"

骗子正准备提汇款呢,科长却抢先说道:"你等会儿来电话,我帮你问问。"

十分钟后科长打回去:"我找到朋友了,他在河北专门负责扫黄,你的事能花钱摆平,不过你得先给我卡上打两万!"

不一会儿,骗子发来短信:"@#￥%……&!"

我和A君去吃学校附近的一家自助,等吃得差不多了,自助餐店的老板出现在A君面前,只见他掏出一张VIP金卡赔笑道:"先生,这是隔壁饭店的VIP卡,以后请你去隔壁用餐吧。"

一次去买热干面,前面有一对情侣正在买,老板问他们要不要放香菜,男的说要,女的说不要。我就在旁边想:"为什么男的要香菜,女的不要香菜……"

想得正出神呢,老板问我:"吃什么?"

我毫不犹豫地大声答道:"香菜!"

老板和前面的那对情侣不解地看着我!

家里新买了微波炉,很兴奋地用它来做鱼。弄好时间,调好火候,十五分钟后激动地打开微波炉,晕,什么都没有。鱼还在桌上。郁闷地再次操作,时间到,没等打开微波炉就发现鱼仍然在桌上。于是,决定一个星期都不再吃鱼了。

有一天在公共汽车上人太多了,特别热、特别闷,不知谁又放了一个屁,这下环境更加恶化。我朋友实在受不了了,又不知道是谁,正好,售票员正在问:"谁没有买票?"我朋友忽生一计,大声说:"放屁的没买票!"忽然,一个特别胖的女人,手高高地举着票,大声说:"我已经买票了!"

C君与朋友进入一家高档商场。进了店门后才走了两步,朋友忽见他在光滑的大理石地面上作滑冰状,甚感奇怪。问他,C君一边继续滑一边指着旁边的牌子,认真地说:"既然来了,就要遵守这儿的规矩。"那牌子上写着:小心地滑。

甲:"你那只会说话的鹦鹉怎么样啊?"乙:"唉,别提了,想不到我养了一星期,它就死了。"甲:"是病死的?"乙:"不,它和我太太比赛说话,说到力竭而死。"

母亲对女儿说:"今天你去练习烹调,弄两样菜,我教你。黄鱼,要把稻草扎了头烧。笋要切快,每切一刀,转一下。"女儿答应而去。过了一会儿,母亲到厨房里去看,不禁大惊。只见女儿的脑袋用稻草扎着,身体在地上只管旋转,转一转,把笋切一刀。她一见母亲,叫道:"不得了!头晕了!"

地铁车厢里,某人客气地对身旁的一位女士说:"车厢真黑,请允许我为你找扶手吊带吧!"不料那位女士冷冰冰地说:"我已经有

扶手吊带了。""那么请放开我的领带吧!"这个人气喘吁吁地说。

学校有个200米特长生跟我一哥们儿关系很好,有一次他俩一块出去吃饭,结果该体育特长生在路上翻钱包的时候一把被抢,抢的人跑走了他也不去追。我哥们儿说他:"追啊!"他来一句:"我让他50米。"

小时候看电视剧上面拜把子都是歃血为盟,我们几个一起玩的小同学说把手割了,太疼了,尿也是人身上的液体,于是就一人一泡,对碗干了。

手上长了个小冻疮,在药店买了一大支冻疮膏,觉得好浪费啊,用不了那么多。终于皇天不负有心人,右手五根手指全长满了,不浪费了……

姐姐高中同学聚会,喝到后半夜才散场,都快喝到生活不能自理了。第二天听他们班一男同学的媳妇说,这位男同学站家门口拿掏耳勺开防盗门开了一个多小时,要不是后来他媳妇听到动静给开门,估计能站那儿开一宿……

我家养了只老母鸡,每天都下蛋,我女儿今年两岁,天天早晨第

一件事就是跑去捡鸡蛋。有天母鸡没下蛋，女儿生气了，捡了个小木棍追着母鸡喊："你这只懒鸡，怎么不下蛋，今天我吃啥！"

前段时间，小张爸爸买了一只活鸡。鸡毙，开膛破肚。查其胃大，切开都是石子。爸爸大怒，找小贩理论。贩曰："鸡自食，磨食也。"一日，小张见一卖米小贩往米中加石子，上前问道："你的米是喂鸡的？"

今年五月小王妈买了一万元的基金。看到基金一天天地涨，小王妈高兴地说："真是买了只会下蛋的鸡。"有人说该卖掉基金了，小王妈不信："下蛋的鸡咋能卖？"到了十二月份，基金已缩水不少。小王说："冬天鸡不下蛋，还会变瘦的。"

昨天到一家饭店吃饭，在保安的帮助下停好了车。
保安："吃饭？"
本人："嗯，吃饭。"
保安："哦，吃饭不收钱。"
本人："吃饭不收钱？"
保安："是的，吃饭不收钱。"
本人："哦，我记住了。"

冬天天冷了，孩子问妈妈："天这么冷，我们为什么不烧火？"
"因为你爸爸失业了，我们没钱买煤。"
"爸爸为什么失业？"
"因为煤太多了。"

在礼品店里，一个男士皱着眉头问服务员："小姐，我要买贺卡，但是卡片上的词你要帮我想。"服务员："可以啊。"男："要特别深情的那种，给我的女友。"服务员："'你是我今生唯一的爱'，如何？"男："好！来六张！"

老爸老妈是青梅竹马，他们两家一直是邻居，他俩从小时候就相识了。他们从不吵架，只是斗嘴。一斗嘴，青梅竹马的坏处就暴露出来了。

有一回，不记得他们是因为什么又争起来了，反正最后老妈勃然大怒："××（老爸的小名），你敢说你没把羊粪当成蚕豆吃过？"

老爸面红耳赤："当时是谁骗我羊粪是蚕豆的？"

老妈："我怎么知道你会信！"

一个老先生因患中耳炎，乘公共汽车去医院。途中，一青年站在老先生的旁边，闻到异味，骂道："你这老头子耳朵怎么这么臭啊！"

老先生说："因为它听了脏话。"

单位里一位同事叫袁健,他的老婆怀孕中,某日他和大家讨论宝宝的名字,请大家一起出谋划策。各位同事各抒己见,某同事冒出来一句:"爸爸叫袁健,儿子当然叫复印件啦!"

问:"老板,你这不叫牛肉面吗,怎么连牛肉都没有?!"
答:"人家还叫老婆饼呢,难不成你买的时候还送你一个老婆?!"

夫妻之间的那些搞笑事

我那重达180斤的老婆问我,在我的心目中,她是不是永远排第一位,我回答说:"亲爱的,当然是啦,毕竟有你堵着,是没有人挤得上去的啊!"

老婆:"老公,你记不记得去年十二月时,你说你和老王去钓鲤鱼的这件事?"老公:"当然记得,……有事吗?"老婆:"今天中午有一条鲤鱼打电话来,说你已经当爸爸了。"

阿强对朋友说:"我想离婚,我的太太已经有两个月没和我说半句话了。"

"你得考虑清楚啊!"朋友劝他,"现在这种老婆已经很难找了。"

我和老婆去卧佛寺游玩,老婆路上走不动了,于是我背她。一个老婆婆看见了,严肃地说:"看你也是读过书的人,老婆有病还是早点去医院,拜佛是没用的。"

晚上吃过饭,我赖在沙发上看电视,老婆用嗔怪的眼神看了我一眼道:"还不去刷碗,脑子失忆了?"

我极不情愿地站起身来小声说道:"哼,还说革新观念呢,咱家就是严重的男卑女尊。"

老婆听罢一咬牙道:"说什么呢,你以为改革那么容易啊。像咱家这情况,少说也要10年的过渡期。"

老婆:"我知道你没钱了,我的钱就放在梳妆台上,你要多少就拿多少。"

我心里琢磨,这可是非同寻常啊,赶快走过去一看,上面放了二十块钱。

妻子从丈夫杯里呷了一口伏特加,皱着眉头说:"酒真难喝!"
丈夫说:"可不是吗,这么难喝你还唠唠叨叨,说我喝酒享乐呢!"

中午,老婆跟我说:"儿子不在家,咱俩吃红烧牛肉吧。"

我说:"行呀。"

一会儿,老婆就端着两碗面从厨房出来:"方便面泡好了,红烧牛肉味儿的。"

仔仔被爸爸修理了,他跑去找妈妈诉苦:"妈妈,有人打你儿子你会怎样?"妈妈:"我会打他的儿子报仇!"仔仔:"……"

悬崖上一只小老鼠挥舞着短短的前爪,一次又一次跳下去,努力学习飞翔,旁边的母蝙蝠看着它摔得头破血流,忧心地说:"它爹,要不告诉它,它不是咱亲生的!"

一男生暗恋一女生,鼓气勇气问那女生喜欢什么样的男生。

"投缘的。"女生答。

用点儿成语显得档次特别高

为了让女儿学好成语,老婆专门给她买了本《成语词典》。女儿似乎并不感兴趣,看得少。倒是我经常借阅一下,并且努力做到熟读与实践相结合,边温习边运用。一试才知,原来生活处处皆成语。

找老婆要零花钱——与虎谋皮。

上个月因我勤做家务,老婆许诺追加我零花钱数额——信誓旦旦。

到这个月却又拒不执行——言而无信。

我气愤，但不敢发作——忍气吞声。

同事小李下周结婚，我向老婆开口讨两百块份子钱，老婆看着我——冷若冰霜。

我说，你到底给不给呀？老婆一扭头，不理我——置若罔闻。

僵持不下，我只好恳求——低三下四。

老婆说，你们单位人也太多了，每个月光结婚的就有四五拨——夸大其词。

我也不反驳，继续听老婆作指示——洗耳恭听。

老婆说，以后啊，甭管谁结婚，结多少次婚，统统一百块搞定，不许讨价还价———锤定音。

看来强攻无门，只能智取。我趁老婆午休的时候，从她钱包里掏

出一张百元大钞——家贼难防。

没想到还没揣进自己的口袋,就被老婆发现了——天网恢恢。

老婆自然是将我一顿臭骂,我只好把那一百元放回她的钱包——完璧归赵。

一百元的资金缺口,这份子可怎么随——心急如焚。

正当我为此事发愁的时候,传来利好消息:小李跟未婚妻掰了,据说他未婚妻有婚姻恐惧症——峰回路转、柳暗花明。

本来是缺一百元,现在好,多出一百元,我却更犯愁——庸人自扰。

我决定去买条好烟犒劳自己——胆大包天。

后来想想,还是算了,这样做太对不起老婆——幡然醒悟。

我最终决定把钱退还给老婆，以取悦芳心——作茧自缚、自取其辱。

当我把钱退给老婆的时候，老婆觉得我从一开始就是想从她手里骗钱花，哪有这么快说结婚又退婚的——平地起浪、无事生非。

好心没好报，我很生气，大声对老婆说，你太神经质了吧——以卵击石。

老婆一看我好像是真生气了，这才相信了我——偃旗息鼓。

为了鼓励我主动上缴多余资金，老婆决定，从下个月开始，每月给我追加五十元零花钱。我兴奋得身上的每个细胞都在狂跳。等大脑冷静下来后我猛然意识到，老婆这次难道是——故技重施？

吃完饭再看吧,不然脑子消化不良

边吃饭边看帖子,边念经典的段子给老婆听,老婆笑得喘不过气来,于是她对我说:"吃完饭再看吧,不然脑子消化不良!"

昨晚煮螃蟹,水开后,我把螃蟹一个个扔进锅里。蟹子很新鲜,在锅里乱动。老婆打小心善,见不得这个,遂躲在我身后捂着眼睛不敢看。我宽慰道:"老婆,我们是不是太残忍了?"老婆:"嗯……放盐了吗?"

老婆问老公:"你爱我吗?"
老公说:"爱呀。"

老婆问:"你怎么爱呀?"

老公说:"我愿意陪你走遍天涯海角,只除了两个地方——女厕所和女浴池。"

一次,老婆惹老公生气了,老公哭笑不得,说:"男人永远没理,女人永远有理!"

老婆说:"那当然,这是千真万确的真理,是牛顿博士五百年前推出来的!"

老公说:"对啊,对啊,推出这个定理的那天牛顿得了疯牛病。"

一次争吵后,老公气得无话可说,于是对老婆一咧嘴:"我真成你的追星族啦!"

老婆转怒为喜:"是吗?"

老公慢条斯理摇头晃脑地说:"我追的是颗扫帚星。"

老婆最近情绪不正常,动不动就发脾气。

老公不温不火地唱起来:"风在吼,马在叫,老婆在咆哮,老婆在咆哮……"

先生你贵姓？

1.

考试忘记带笔了。

一上了年纪的老师给我监考，本以为他会提起那个上战场不带枪的老掉牙例子，谁知道老师来了句："下本不带武器怎么刷怪？"

2.

男孩对网上认识的一个妹子说："在在在喜喜欢的人人人的面面前，我说说话会结结巴……"

妹子回答："你装什么啊，聊QQ而已，你键盘也会结巴？"

3.

猴子捡到一张卡，于是想爬到树枝上看清楚到底是啥卡。不料一个闪电击中了它，它顿时大哭："原来是挨劈（IP）卡啊！"

4.

音乐课上老师弹了一首贝多芬的曲子。

小明问小华:"你懂音乐吗?"

小华:"是的。"

小明:"那你知道老师在弹什么吗?"

小华:"钢琴。"

5.

从前有个人钓鱼,钓到了只鱿鱼。

鱿鱼求他:"你放了我吧,别把我烤来吃啊。"

那个人说:"好的,那么我来考你几个问题吧。"

鱿鱼很开心地说:"你考吧你考吧!"

然后这人就把鱿鱼给烤了。

6.

幼儿园在上课的时候老师问道:"小朋友们,你们知道3+9等于多少吗?"

一位小朋友小声地跟他的同桌说:"你看,连老师都不知道3+9等于几,我们肯定也不知道,这不是白问了吗!"

他的同桌的脸突然变黑了。

7.

一地发生交通事故,一名记者前去围观。不过他挤了好长时间也没挤到近前,这时,记者想出了一个办法,他大声喊道:"请你们让开,我是伤者的家属。"一旁的人果然让开了,记者想:"还是我这办法管用。"

进去一看,原来伤者是一头猪……

8.
大学时期,我一同学刚买了手机,办了移动卡,打10086人工台询问,一时激动:"请问你们的地感动带业务……"

从免提中我们竟然听到话务员小姐客气地说:"我们的地感动带业务……"

全宿舍爆笑!

9.
有一天,老师带一群小朋友到山上采水果,他宣布说:"小朋友们,采完水果后,我们一起洗,洗完可以一起吃。"

所有小朋友都跑去采水果了。

集合时间一到,所有小朋友都集合了。

老师:"小华,你采到什么?"

小华:"我在洗苹果,因为我采到苹果。"

老师:"小美你呢?"

小美:"我在洗番茄,因为我采到番茄。"

老师:"小朋友都很棒哦!那阿明你呢?"

阿明:"我在洗布鞋,因为我踩到大便。"

10.
有一个家庭,全家人都非常懒惰。

爸爸叫妈妈做家务事,妈妈不想做就叫大姐做,大姐也不想做就叫妹妹做,但是妹妹也不想做就叫小狗做。

有一天家里来了一个客人,发现小狗在做家务事,很惊讶,问小

狗说:"小狗,你会做家务事啊?"

小狗说:"没办法,他们不做,都叫我做啊。"

客人更加惊讶:"你会说话!"

小狗:"嘘!小声一点儿,不然他们知道我会说话,又会叫我去接电话!"

11.
医生:"你怎么了?"

学生模样的妹子,含糊不清地说:"大夫,我下巴掉了。"

医生:"怎么弄的?"

她室友说:"大夫,她一个月总会掉几次的,今天食堂包子太大了。"

12.
魔王:"公主,你叫破喉咙也没有人会来救你!"

公主:"破喉咙!"

也没有人:"公主,我来救你了!"

魔王:"见鬼了。"

鬼:"谁发现了我?"

谁:"关我什么事?"

魔王已死……

13.
从前,有一只白猫和一只黑猫。一天,白猫掉到水里去了,黑猫把它救了上来,白猫对黑猫说了一句话,请问,这句话是什么?

答:"喵……"

14.
消防队："哪里着火了？"
报警人："我家。"
消防队："我是问在什么地方？"
报警人："在厨房。"
消防队："我是说我们怎么去？"
报警人："你们不是有消防车吗？"

15.
咖啡杯和水杯一起过马路，这个时候，有位老爷爷大叫提醒："小心哦，现在是红灯。"
可是过了一会儿，咖啡杯顺利地过了马路，可是水杯却被卡车撞得水流如注。请问为什么呢？
因为咖啡杯有"耳朵"，水杯没有。

16.
两颗番茄去逛街，第一颗番茄突然走得很快，第二颗番茄就问："我们要去哪里？"
第一颗番茄没有回答，第二颗番茄又问了一次。
第一颗番茄还没回答，于是第二颗番茄又问了一次。
第一颗番茄终于慢慢转头说："我们不是番茄吗？我们会说话吗？"

17.

三个大学生被绑架。坏人把他们绑在了电线杆上，然后问他们："说，你是哪里的？不说就电死你！"

大学生A："我是交大的。"

大学生B："我是北大的。"

大学生C："我是电大（电力大学）的！"结果就被电死了……

18.

犯人被执行枪决，由于子弹质量不好，第一枪没响，接着又开了第二枪、第三枪。

这时犯人哭了，抱着法警的大腿说："大哥你掐死我吧！实在是太吓人了……"

19.

手机被歹徒抢走，为了报警，我又抢了回来。

20.

哪个动物的牙最黑？

答：蚂蚁。歌词里说"吗咦呀嘿(蚂蚁牙黑)……"

21.

小时候路过玩具店门口，我看上了一辆小汽车。

爸爸问我："喜欢吗？"

我说："喜欢！"

爸爸说："喜欢就多看会儿！"

于是我和爸爸看到了晚上。

我问爸爸我喜欢为什么不给我买，爸爸说："爱你的人不一定是给你花钱的人，而是愿意花时间陪你的人！"

第一次听到把不给孩子买玩具说得这么清新脱俗。

22.
妈："儿子、儿子！来！'It is too easy！'是啥意思？"
儿子："这太简单了。"
妈妈："简单还不快说？"
儿子："啊，就是太简单了呀！"
妈妈："你以为我不会打你吧？"
语毕，就将儿子教训了一顿。
接着，妈妈又问："'what'这词何解？"
儿子："什么。"
妈妈："我说，'what'是啥意思？"
儿子："什么！"
说完，妈妈又把儿子教训一顿……

23.
老婆坐我腿上问我："重吗？"
我说："一点感觉都没有。"
她说："是吗？我又瘦了吗？"
我说："腿已经麻了。"

24.
最近老婆常生气，生气后就特爱买包，我就说："你们女人为什么买那么多包，这是病，得治。"
老婆答："包——治——百——病！"

25.
二货老婆问我："吃不完兜着走的反义词是啥？"

我想了半天没有想出来，就问老婆答案是啥。

老婆："傻啊，自助餐。"

26.

这位跳水运动员的动作难度很大，他做了一个转体三周接前空翻三周半接后空翻一个月。

27.

有次等公共汽车时，开过去一辆宝马，旁边一位高人对他身边的人说："看，刚过去那辆就是IBM。"

28.

我一朋友在联通实习。一天，一顾客走进来，劈头盖脸就来了句："给我办张移动卡，好吧？"

然后我那朋友头也不抬地就来了句："师傅，有人来砸场子！"

29.

同事去见客户，可能是紧张，一开口便是："刘先生你好，请问你贵姓啊？"汗啊……

30.

我同学说："我搁的洗衣粉太多了。"

另外一个问："什么，你哥的媳妇儿太多了？"

31.

一日风大，自行车倒了一排，只听一同学边扶车边说："谁的奔

驰压了我的宝马？"

32.
上次在国外，在街边看见一个做糕点卖的帅哥。我和朋友一边买一边说他像猫王。他听见我们在说他，就问我们说什么，我想了半天："King of Miaomiao（喵喵）。"

33.
宿舍女友与网友通上话了，那头显然很兴奋："喂，我是王小亮，你猜我是谁？"晕倒不起……

34.
老公今天发季度奖了，奖金到账，短信来了。
女儿问："什么短信？"
我回答："你老爸发季度奖啦！"
女儿惊讶地问我："居然那么好！嫉妒别人还有奖金？"
我顿时笑抽，嫉妒奖？……

35.
一天，茄子走在大街上，忽然打了一个很大的喷嚏，它抹了把鼻涕生气地说："可恶，又有人拍集体照了！"

36.
妈妈批评儿子："我就不明白了，一天内你怎么能做这么多的蠢事？"
儿子理直气壮地回答："我起床早啊！"